쉬어家로 가는 길

쉬어家로 가는 길

1판 1쇄 발행 2024년 11월 15일

지은이   이창옥
발행인   이선우
발행처   도서출판 선우미디어
             등록 | 1997. 8. 7 제305-2014-000020
             02643 서울시 동대문구 장한로 12길 40, 101동 203호
             ☎ 2272-3351, 3352 팩스: 2272-5540
             sunwoome@daum.net greenessay20@naver.com
             Printed in Korea ⓒ 2024. 이창옥

값 13,000원

충북문화재단

※ 이 책은 충청북도, 충북문화재단의 후원을 받아 예술창작활동 지원사업의 일환으로 발간되었습니다.
※ 잘못된 책은 바꿔 드립니다.
※ 저자와 협의하여 인지 생략합니다.

ISBN 978-89-5658-778-3 03810

쉬어家로 가는 길

이창옥 수필집

선우미디어 sunwoomedia

작가의 말

첫 수필집을 준비하며 찜통 같은 올여름 더위보다 마음은 더 찜통에 들어앉아 있는 것처럼 화끈거리고 두려움 반 설렘 반으로 작품을 퇴고했습니다.

올해가 등단한 지 십이 년째, 헤아려보니 수필을 배우고, 등단해서, 수필집을 엮기까지 이십여 년이 훌쩍 넘었습니다. 제가 생각해도 참 게으른 사람이네요. 늘 저의 글이 여기저기서 노숙하는 것 같아 마음이 편치 않았습니다. 그래서 용기를 냈습니다. 수필집 한 채를 짓기로.

수필을 쓰며 저는 많이 달라졌습니다. 세상을 바라보는 편견도 옅어지고, 오만이 벗겨지고, 무엇보다 나 자신을 들여다보는 방법을 배웠습니다. 수필은 저와 세상을 적나라하게 비추는 큰 거울입니다.

거울을 가만 들여다봅니다. 거울 속에는 제가 살아낸 삶의 흔적들을 비추고, 저를 지금까지 지탱하게 해준 고마운 분들이 저를 지켜보고 있습니다. 언제나 제 편인 남편과 두 딸이 저를 응원합니다.

이 년 전 하늘나라로 떠나신 엄마가 "우리 딸 잘했어."라며 내려다 보시네요. 질풍노도의 시기였던 저를 품어준 언니와 형부는 제게 엄마였고 아버지였습니다. 육 남매인 나의 형제들은 언제나 힘이 되었습니다. 모두 감사합니다.

수필을 배우며 가족은 아니지만 피붙이처럼 끈끈한 정을 나눌 수 있는 글 도반들을 만나건 제겐 커다란 행운입니다. 저와 도반들을 흐뭇하게 바라보는 분이 계시네요. 저의 영원한 스승이신 반숙자 선생님이십니다. 모두에게 고개 숙여 감사의 마음 전합니다.

선생님! 선생님이 늘 강조하시던 "좋은 글을 쓰고 싶으면 좋은 삶을 살라."던 그 말씀이 제게 가장 큰 울림이고 버팀목이었습니다. 가르침에 누가 되지 않게 노력하며 살겠습니다.

아직은 설익어 떫은 글들이지만 그 떫은맛은 저의 부족함이라 여겨주시고, 혹시라도 떫은맛 중에 살짝 단맛이 느껴지는 문장이 단 한 줄이라도 있기를 감히 바랍니다.

끝으로 글의 근력을 키울 수 있도록 지면을 내어준 '충청타임즈'와 떠도는 글에 집을 지을 수 있도록 도와주신 '선우미디어'대표님께 고개 숙여 감사의 마음 전합니다.

2024년 가을 햇살 좋은 쉬어家에서
이창옥

차례

4 하루

모험할 용기 5

1

목화솜 이불

엄마는 결혼을 앞둔 나를 데리고 단골 이불집에 가셨다. 딸내미 시집가는
데 다른 것은 몰라도 이불만은 제대로 만들어 보내야 발을 뻗고 주무실 것
같다고 하셨다. 그리고 몇 번이고 목화솜은 제일 좋은 것으로 써야 한다며
솜을 살피고 또 살펴보셨다.

- 본문 중에서

밥 짓는 소리

알람 소리에 눈을 떴다. 몸은 천근만근인데 요란하게 울려대는 소리는 기어이 주인을 일으켜 놓고서야 조용해진다. 언제부터였는지 기억에는 없지만 시끄러운 소리의 도움을 받지 않으면 이른 시간에 일어날 수 없게 되었다. 가끔 신경을 곤두서게 하는 소리가 거슬려 자연의 소리가 녹음된 음악으로 바꿔 보지만 듣기에만 좋을 뿐 전혀 도움이 되지 않았다. 오히려 그 음악에 취해 다시 잠 속으로 빠져들기만 했을 뿐이다.

그런 날은 비상사태다. 냉장고에 요기할 만한 과일이나 식빵이라도 있으면 다행이지만, 텅 비어 있는 날이면 온 가족이 아침을 굶고 하루를 시작하게 된다. 소리에 예민하기로 둘째가라면 서러울 내가, 세상에 많고 많은 듣기 좋은 소리를 두고 거슬리는 알람 소리를 선택한 이유는 순전히 가족들의 아침밥을 굶기지 않기 위해서였다. 간신히 쏟아지는 잠을 털어내고 주방으로 나가 어젯밤 예약해 놓은 밥이 잘 되었는지를 확인한다. 콩나물을 섞은 김칫국 냄비를 가스

불에 올려놓고 식탁에 앉아 아이들이 잠들어 있는 방을 바라본다. 세상모르고 자고 있을 아이들이 내심 부럽기도 하고, 밥 짓느라 나는 소리가 어렴풋이나 들리기는 할지 궁금하다.

어린 시절 이른 아침에 단잠에 빠진 나를 깨우는 소리는 엄마가 부엌에서 아침밥을 짓는 소리였다. 아궁이에 불을 지필 때 들려오는 나무가 바스락거리는 소리, 불이 타오르며 퍼지는 매캐한 연기 내음, 이어 들려오는 부지깽이로 불을 다스리느라 토닥거리는 소리, 그때부터 나는 바닥에 깔린 요를 걷어내고 방바닥에 귀를 붙였다. '쓰윽착 츠윽착'하고 경쾌한 소리가 나면 여러 가지 채소를 써는 소리였고, '톡. 톡. 톡' 소리는 칼등으로 마늘을 다지는 소리였다. 그러다 '스윽' 쇳소리가 나고 찢어진 창호지 틈으로 구수한 냄새가 한꺼번에 밀려 들어오면 밥이 잘 되었는지 솥뚜껑을 열고 확인하는 소리였다. 열렸던 솥뚜껑이 닫히고 나면 부엌은 잠시 고요해진다.

아직도 꿈나라에서 헤매고 있는 우리 남매들을 깨우기 위해 엄마가 방으로 들어오시기 때문이다. 나는 건성으로 대답만 하고 엄마의 부름에 벌떡 일어난 기억이 별로 없다. 오히려 방바닥에 귀를 붙이고 꼼짝도 하지 않았다. 방바닥 아래 구들장을 타고 들려오는 기차 소리를 듣기 위해서였다. 우리를 깨우느라 한바탕 목청을 돋우고 다시 부엌으로 나가 밥상을 차리며 내는 소리는 더 정겹기만 했다. 달그락달그락 그릇 부딪히는 소리, 식구 수대로 숟가락과 젓가락 헤아리는 소리는 그날 반찬이 무엇일지 궁금하게 만들었고, 그만

방바닥에서 귀를 떼고 일어나야 한다는 신호이기도 했다. 하지만 나는 매번 기차 소리를 들은 다음에야 일어났다. 기차 소리는 밥 짓는 소리와 함께 어린 나에게 선물인 양 들려오던 소리였다.

십 리 밖 외가 동네를 지나가며 희미하고 아련하게 들리는 기차 소리는 상상의 세계를 열어주는 문이 되었다. 그때까지 한 번도 기차를 타본 적이 없던 나는 기차를 타고 세상 밖으로 나가 서울도 가고 부산도 갔다. 그 기차가 먼 우주까지도 갈 수 있지 않을까 생각했다. 그런데 이상한 것은 예전이나 지금이나 기차 소리가 '칙칙폭폭'이란 생각은 들지 않는다는 것이다. 그때 내가 들은 기차 소리는 분명 '철퍼덕 척' '철퍼덕 척'이었다. '기찻길 옆 오막살이' 동요를 부를 때도 친구들은 '칙칙폭폭' 하며 부르는데 혼자만 "철퍼덕 척, 철퍼덕 척"하고 부르다 박자를 놓쳐버리기 일쑤였다. 흰 머리 희끗희끗한 나에게도 순수하고 천진난만한 시절이 있었다는 것이 신기하고 놀라울 뿐이다.

꿈속에서라도 엄마가 아침밥을 짓던 소리와 함께 희미하고 아련하게 들려오던 기차 소리를 듣고 싶다. 엄마가 부엌에서 불을 지피며 밥 짓는 소리는 어린 시절 나를 따뜻하게 보듬어 키워준 사랑의 소리였다. 구들장 아래로 희미하고 아련하게 들려오던 기차 소리는 상상력과 꿈을 꾸게 했다.

아이들 방문을 열어보았다. 아직도 한밤중인 모양이다. 여러 가지 문명이 내는 소리에 익숙해진 아이들이다. 어쩌면 훗날 우리 아이들은 밥 짓는 소리를 압력밥솥이 김을 내뿜는 요란한 소리와 냉장고를 여닫는 소리쯤으로 추억할지 모르겠다.

파 한 뿌리를 도마 위에 올려놓는다. 방 쪽을 힐끗 쳐다보며 손목에 힘을 주어 '착. 착. 착' 크게 소리를 내어 썰었다. 그리고 마늘을 반으로 잘라 칼등으로 '톡. 톡. 톡' 다져본다. 내가 아침밥을 지으며 어머니 흉내를 낼 수 있는 유일한 이 소리를 아이들이 나이 들어 기억해 내길 바라지만 내 욕심일 뿐이다. 괜스레 서글픈 생각에 "그만 일어나" 냅다 소리를 지르고 말았다.

해피엔딩

    느닷없는 습격이었다. 침입자는 컴퓨터 바탕화면을 점령한 채 요지부동이었다. 첫 줄에 "당신의 파일들은 모두 암호화되었다."라고 붉은색 영어로 섬뜩하게 쓰여 있었다. 그들은 교활하고 치밀했다. 작품들을 열어보니 온통 알 수 없는 글자들이 난무했고, 파일 하나도 온전한 것이 없었다. 전문가에게 노트북을 의뢰했다.

    내 노트북을 점령한 침입자의 이름은 '랜섬웨어'였다. 랜섬웨어는 컴퓨터사용자의 파일을 담보로 금전을 요구하는 악성 프로그램이라고 한다. 사용자의 문서나 중요한 파일을 암호화하여 파일을 사용할 수 없게 만든 후 암호를 풀어주는 대가로 금품을 요구한다는 것이다. 일명 '데이터 인질극'이란다. 나하고는 전혀 관계가 없는 다른 세상 이야기인 줄 알았는데 내가 이름도 섬뜩한 '데이터 인질극'의 주인공이 된 것이다. 어이가 없기도 하고 그들의 교활함에 소름이 돋았다.

    파일 복구는 어렵다고 했다. 설령 복구 방법을 찾는다 해도 침입자가 요구하는 액수가 만만치 않을 거라며 고개를 흔들었다. 전문가는 차라리 포맷하라고 권유했다. 당장 내일모레 신문사에 원고도 보내야 하는데 마지막 퇴고 중에 일을 당했으니 난감했다. 바탕화면에 저장한 것도 꽤 여러 편인데 생각할수록 부아가 치밀어 올랐다.

나의 컴퓨터 실력은 컴맹에 가까운 수준이다. 처음 두 딸의 도움을 받아 글을 써서 저장하는 법을 배웠고 메일 보내는 방법을 익혔다. 그러니 늘 더디고 글을 쓸 때면 생각 따로, 손이 따로 움직일 때가 많았다. 이제 겨우 독수리타법에서 벗어났지만, 여전히 나는 자판과 화면을 번갈아 들여다보며 글을 쓴다.

불행 중 다행인 것은 그동안의 작품을 작은아이의 도움을 받아 다른 곳에 옮겨 저장해놓은 것이다. 이런 일을 두고 천만다행이라고 하는 것이리라. 만약 모든 작품이 들어 있는 메모리카드를 노트북에 연결한 상태로 작업을 했더라면 생각만으로 아찔하다. 만약 그동안 써놓은 글을 모두 도둑맞았다면 어떻게 했을까. 아마도 그들의 요구에 흔들렸을지도 모른다. 작품의 수준이 높아서가 아니라 백여 편의 수필에는 내 삶의 흔적들이 고스란히 담겨 있기 때문이다. 새삼 내 글을 지켜낼 수 있게 방법을 알려준 아이가 고맙고 든든하다.

수필은 내가 흔들리지 않고 살아가게 해주는 길라잡이였다. 비록 풋내가 나고 설익은 작품들뿐이지만 살아가는 이유가 되어주었다. 수필을 배우고 쓰면서 세상을 바라보는 시선이 달라졌고 자신을 스스로 돌아보며 고개 숙이는 법을 터득했다. 나에게 수필은 나 자신을 깊이, 천천히, 때론 자세하게 살펴보며 들여다볼 수 있는 커다란 거울이었다. 만약 그 거울을 잃어버렸다면 나는 한동안 늪에 빠져 허우적거렸을지도 모른다.

포맷한 노트북에 메모리카드를 연결하는데 또다시 데이터 인질이 되어 버리면 어쩌나 싶어 손끝이 떨린다. 부족하지만 한편, 한편이 새롭게 다가온다. 시아버님과의 추억이 깃든 '도레미 송편' 이야기를 읽는데 "막내야" 하고 다정하게 부르시던 아버님 목소리가 들리는 듯하다. 엄마 이야기는 언제나 가슴 시리고 먹먹하다. 수필 속에는 내가 있고, 남편이 있고, 우리 아이들이 있다. 그리고 세상을 바라보며 써 내려간 주변의 이야기가 숨 쉬고 있다.

교활한 침입자 덕분에 새롭게 내 글을 들여다볼 수 있게 되었으니 오늘은 그것만으로도 해피엔딩이다.

한 줄 수필

　조명이 잉태한 빛은 화려했다. 빛은 하늘로 솟아오르기도 하고 바닷물에 안겨 너울거리며 춤을 추었다. 그 빛의 축제에 여기저기서 사람들이 탄성을 질렀다. 낮에 보고 느낀 도시와는 전혀 다른 풍경이었다. 이래서 여수를 조명이 빚어내는 빛의 도시라 했나 보다.

　해양 공원 바닷가에 차를 주차했다. 오늘 우리 부부의 잠자리가 되어줄 장소다. 바다에는 작은 어선들이 정박해있고 멀리 돌산대교도 낮과는 사뭇 다르게 화려한 모습을 뽐내고 있다. 이미 여러 대의 멋진 캠핑카도 보이고 여행을 목적으로 개조한 트럭도 있다. 우리 옆에는 낡은 자동차가 자리를 잡고 있다. 커튼으로 차창을 가린 것을 보아 우리처럼 차에서 오늘 밤을 지내려나 보다.

　공원 도로변에 즐비한 포장마차가 불빛으로 유혹하고 있는데 마다할 리 없는 우리 부부다. 여행하면서 느긋하게 남편과 술잔을 마주한 적이 얼마 만인가. 전에는 왜 그리 쫓기듯 여행을 다녔는지, 어쩌면 짧은 시간 너무 많은 것을 보고 즐기려 한 탓이리라. 처음 남편과 여행을 다니기로 약속하고 한 달에 한 번, 낯선 도시로 떠날 수 있다는 것만으로도 세상을 다 얻은 듯 행복했다. 이제는 나도 감동을 줄 수 있는 여행수필을 쓸 수 있을 것 같은 기대감에 설레기까지 했다.

내게 허락된 시간 하루 반나절, 많은 것을 보려고 이곳저곳 스치듯 기웃거리며 모든 것에 의미를 부여하려고 했다. 게다가 한 끼 해결하겠다고 맛집을 찾아 긴 시간을 허비하기도 했다. 그렇게 시간에 밀려다니듯 여행을 다녀서일까? 집으로 돌아와 노트북을 열면 한 문장 이상을 이어가지 못하고 머릿속은 텅 비어버렸다. 수없이 "좋다. 멋지다"를 외치며 감탄했던 그 감정들은 어디로 사라졌는지 도통 이해할 수 없었다.

지금 내 노트북 수필 파일에는 그렇게 써놓은 여행수필이 여러 편 잠들어 있다. '여기는 하얀 물거품이 쉼 없는 양양의 작은 어촌이다. 동백꽃 후드득 지는 길을 따라 나는 오늘 독일마을로 가는 중이다. 찬란한 노을을 바라보며 서해의 바다에서 하루를 마무리한다.'라는 식의 여행기가 내가 쓸 수 있는 수필의 첫 줄이자 마지막 문장이었다. 부끄럽지만 차마 삭제할 수도 없는 그 글들에 '한 줄 수필'이라는 이름을 부여했다. 진정한 여행의 의미도 모르는 채 집을 나서는 순간부터 저절로 영혼까지 자유로워질 거라고, 지레짐작했던 아둔함과 욕심이 만들어낸 쓸쓸한 자화상이다.

이제는 여행을 떠나기 전 굳이 맛집이나 많은 것을 검색하지 않는다. 대신 온몸의 감각기관을 열고 여행지의 낯선 시간과 낯선 향기, 새로운 문화를 즐기며 느릿느릿 하루를 보낸다. 때로는 자전거를 타기도 하고, 강가나 오솔길을 거닐며 얼굴에 스치는 바람의 속삭임에 귀 기울인다. 바다에서 좋다고 소리 지르며 뛰어다닐 줄만 알았던 내가 눈을 감고 파도가, 갈매기가 들려주는 바다의 이야기에 귀를 기울일 줄도 알게 되었다.

옆자리의 노부부가 자동차 옆에 간이 테이블을 펼쳐 놓고 차를 마시고 있다. 서로를 바라보는 눈빛이 무심한 듯 온기가 흐른다. 어딘지 모르게 노부부와 닮은 낡은 자동차가 반대쪽 젊은 부부의 번쩍거리는 캠핑카보다도 멋져 보인다. 차 한 모금에 바다를, 차 한 모금에 서로를 바라보며 미소 짓는 노부부가 종일 눈에 담아낸 그 어떤 풍경보다 아름답다. 그건 아마도 고단했을 삶의 여행을 성실하게 잘 살아냈기에 그려 낼 수 있는 풍경이리라. 노부부는 우리 부부에게 삶의 여행이 얼마나 소중하고 가치 있는 것인지를 생각하게 한다.

어린 왕자의 작가 생텍쥐페리는 "행복하게 여행하려면 가볍게 여행해야 한다"라고 했다. 너무 많은 것을 얻으려 욕심을 부리지 말라는 암시일 것이다. 이제는 지난날처럼 욕심을 부리거나 절대 서두르지 않는다. 살아가는 동안 여행은 언제나 현재 진행형이기 때문이다. 그동안 감동을 주는 여행수필은커녕 번번이 한 문장에서 앞으로 나아가지 못하고 마침표를 찍은 이유는 지금까지 여행이 욕심과 허영으로 시작되고, 스치듯 지나간 모든 것에 억지로 꿰맞추듯 큰 의미를 부여하려 했기 때문일 것이다.

　좁은 포장마차 안에 사람들의 시끌벅적한 소리도, 옆 테이블 휴대전화에서 흘러나오는 노랫소리도 남편이 따라 준 술잔 속에서 함께 찰랑거린다. "여보, 좋다"를 외치며 술잔을 부딪친다. 소주 한 병을 열병처럼 즐기는 우리 부부는 빈틈없이 빼곡하기만 했던 일상에서 잠시 벗어나 삶의 여백을 조금씩 넓혀 가는 중이다. 더디더라도 조금씩 여행의 진정한 의미를 깨달아 간다면, 파일 속에 잠들어 있는 한 줄 수필도 언젠가는 감동을 주는 글로 기지개를 켜며 잠에서 깨어날지 누가 알겠는가.

허락된 한 달

내게 시한부 판정이 내려졌다. 허락된 시간은 꼭 한 달이다. 작은 아이가 하얀 종이와 펜을 내밀었다. 한 달 동안 엄마가 꼭 하고 싶은 일, 열 가지를 적어보란다. 버킷리스트였다. 갑자기 머릿속이 텅 비어버린 듯 아무것도 떠오르지 않는다.

한 달 동안 무엇을 어떻게 할 수 있을까. 혼자 여행을 다녀보면 어떨까. 그러다 길바닥에서 생을 마감하면 내 마지막 모습이 너무 초라할 것 같아 내키지 않는다. 가족들을 위해서 여러 가지 밑반찬을 만들어 놓을까. 그것도 시간이 지나면 상해서 못 먹게 될 텐데….

눈을 감는다. 내게 주어진 시간은 기껏 한 달이라고 하는데 하고 싶었던 일과, 해야 할 일은 왜 그리 많은지, 수많은 생각들이 실타래처럼 엉켜버린다. 복잡 미묘한 생각들을 고르기 위해 꼭 해보고 싶었던 일과, 꼭 해야 하는 일을 정리했다.

펜을 들었다. 첫 번째, '집 안 정리'라고 적는다. 그동안 아깝다고 버려지지 못한 것들을 분류해 나누고, 남아있는 사람들에게 꼭 필요한 물건들만 남겨 놓아야 한다. 두 번째, 홀로 동해 푸른 바다로 여행을 떠난다. 밤새 파도가 들려주는 이야기를 들으며 목청껏 소리를 지를 것이다. 왜 하필 나냐고? 왜 하필 지금이냐고? 마음껏 소리 지르다 보면 마음속에 남아있을 세상에 대한 무거운 미련들이 아주 조금은 가벼워지지 않을까.

세 번째, 집으로 돌아와 지금까지 써놓은 글들을 정리할 것이다. 살아생전 수필집을 엮을 수 있으면 좋겠지만 시간이 허락하지 않으니 유고집으로 남겨도 좋으리라. 수필은 내가 이 세상을 살면서 그래도 사람다운 모습을 잃지 않고 겸허하게 살아갈 수 있게 해준 도반인 동시에 스승이었다. 수필은 자신의 살아온 이력을 그대로 투영한다던 B 선생님의 가르침을 믿었기에 늘 조심스럽고 부끄럽지 않게 살려고 노력했다.

버킷리스트를 적어 내려가다 보니 어느새 아홉 칸을 채웠다. 살펴보니 세 번째까지는 나 자신을 정리하기 위한 시간이었다. 나머지 칸은 온통 남편과 아이들하고 함께 할 시간으로 채우고 있었다. 마지막 열 번째 버킷리스트를 적을 차례다. 다시 생각을 가다듬기 위해 눈을 감는다. 오십이면 오래 살았다 할 수 없으나, 그렇다고 그리 짧은 삶도 아니었으니 감사할 일 아닌가. 사람의 몸을 빌려 매 순간 포기하지 않고 이만큼 살아왔으면 스스로 대견하다 칭찬해도 무방할 것 같다. 세상에 우리 부부를 닮은 아이들도 태어나 제 할 일 다 하며 살아가고 있으니 그도 감사한 일이다. 딱 한 가지 마음에 걸리는 것이 있다면 외로움을 많이 타는 남편이다. 아이들이 외로움을 채워주면 좋을 테지만 먼저 외롭다고 손 내밀 주변머리도 없으니 아이들에게 특별히 부탁해야 하리라.

스무 살 시절, 내 인생 좌우명은 "마치 오늘이 임종의 날인 것처럼 살아라."였다. 내게 주어진 시간 한순간도 허투루 허비하고 싶지 않아서였다. 그때는 젊음이란 무기가 있어서였는지 그 말이 무서운 말인지를 알지 못했다. 그런데 오십을 넘기고 느닷없이 내게 남은 시간이 한 달이라고 가정해 보니, 정말 죽음을 앞둔 사람 심정이 이리 막막하고 무서울까 싶어 실제인 양 고통스럽다.

심리학을 전공하는 작은아이가 내민 설문지 덕분에 우리에게 주어진 하루하루의 삶이 얼마나 가치 있고 소중한지 새삼 깨닫는다.

마지막 열 번째 버킷리스트를 적기 위하여 펜을 들었다.

스뎅 대접

설거지하려는데 선반 위에 있는 그릇 하나에 눈길이 머문다. 뽀얀 사기그릇 사이에서 유난히 도드라져 보이는 스테인리스 대접이다. 잠시 일손을 멈추고 이리저리 살펴보았다. 반짝거리는 대접 안에서 어머님이 환하게 웃으신다. 그동안 집에서는 눈에 뜨이지 않더니 엊그제 된장 가르기를 하며 항아리에 장을 퍼 담을 그릇으로 쓰이느라 찬장 구석에서 바깥 구경을 나오게 된 것이다.

결혼하고 얼마 지나지 않아서였다. 어머님이 우리 집에 처음으로 오시던 날, 보따리를 풀어 나에게 밀어주신 선물이 스테인리스 대접 열 개였다. 당신이 쓰던 거라며 살림에 보태줄 것이 이것밖에 없다며 수줍게 웃으셨다. 꽃무늬 도자기 홈 세트 그릇이 유행하던 시절이었다. 이미 장식장에는 친정엄마가 혼수로 마련해준 그릇이 진열되어 있었다. 장식장을 잠시 바라보던 어머님은 "이 스뎅 대접도 요긴하게 쓰일 때가 있을겨." 하며 잘 챙겨두라 하셨다. 어머님이 강하게 발음하시던 '스뎅 대접'을 받아 들며, 설마 이 못난 그릇이

요긴하게 쓰일 날이 있을까 싶었다. 그렇게 대접은 장식장 구석진 자리를 배정받고 어머님의 말씀대로 요긴하게 쓰일 때를 기다리며 내 기억 속에서 방치되었다.

그릇을 선물 받은 지 30여 년이 넘었다. 선물을 주신 어머님도 떠나시고 안 계신다. 새댁의 장식장을 거만하게 차지했던 꽃무늬 홈 세트는 한 개도 남아있지 않지만, 어머님의 선물은 홀대받으면서도 여전히 내 부엌 살림살이 안에 당당하게 버티고 있다. 신기한 것은 여러 차례 이사하며 많은 물건이 내 손을 떠나갔는데 대접만은 이삿짐 속에 챙겨지고, 이삿짐을 풀면 여지없이 싱크대 구석으로 정리되어 잊혔다.

대접을 꺼내 식탁 위에 펼쳐 놓았다. 여섯 개뿐이다. 나머지 네 개는 가게에서 사용하는 중이다. 장사를 하게 되면서 가게에서 끼니를 해결해야 했다. 바쁘고 정신이 없을 때는 때마다 끼니를 챙겨 먹는 일도 보통 일은 아니다. 처음에는 집에서처럼 예쁜 사기그릇이나 유리그릇을 사용했었다. 바쁜 와중에 유리그릇, 사기그릇이란 것이 매번 조심스럽게 다뤄야만 하니 불편하고 성가셨다. 정신없이 일하다 편하게 앉아 식사하는 일은 애당초 사치였다. 거칠게 다뤄도 깨지지 않을 식기가 필요했다. 그때 떠오른 것이 어머님이 주신 대접이다. 그중 네 개를 가게로 가지고 나가자 남편이 스테인리스 밥공기를 사와 짝을 맞춰 놓았다.

사용해 보니 스테인리스 그릇은 까탈스럽지 않고 무던해서 좋았다. 사람으로 치면 순둥이였다. 어쩌다 고객과 마찰이 있거나 부부 싸움 후에 화풀이하느라 설거지통에 집어 던지듯 팽개쳐도, 실수로 바닥에 떨어트려도 소리만 요란하게 낼 뿐, 사기그릇처럼 깨지거나 금이 가지 않아서 편했다. 어디 그뿐인가. 때가 끼듯하면 수세미로 싹싹 문질러 닦아주기만 하면 금세 반짝반짝 윤기가 돌았다. 가게에서 이십여 년 넘게 대접이 요긴하게 쓰이고 있는 것을 어머님이 보시면 "막내야. 내 말이 맞지." 하시며 함박웃음을 지으시리라.

어머님이 고향을 떠나 시내에 나와 살게 되면서부터였다. 우리 집에 오실 때마다 대접이 눈에 보일라치면 미안해하셨다. "막내야. 내가 시골에서 일만 하고 사느라 세상 물정을 몰라도 너무 몰랐구나. 시장에 다녀보니 예쁜 그릇이 넘쳐나더라."라며 당신이 숙맥이었다고 눈물을 글썽이며 한탄하셨다. 아마도 시장에 다니면서 그릇 가게를 눈여겨보셨던 모양이다. 그때부터 어머님이 오시면 슬그머니 주방을 살피는 버릇이 생겼다. 어쩌다 '스텡 대접'이 나와 있으면 행여 또 자책하실까 찬장 구석으로 밀어 넣어 버렸다.

새것도 아닌 쓰던 대접이었다. 그조차도 당신 마음대로 집 밖으로 가져 나오기가 쉽지 않았을 거라는 생각이 든 것은 몇 년이 흐른 후였다. 그때 어머님은 형님댁과 함께 살고 있었고 집안 살림은 형님이 도맡아 하셨기 때문이다. 그릇 하나, 숟가락 한 개도 어머님 성품으로는 맘대로 하기 어려웠을 터였다. 그런데도 막내아들 살림에 무엇이라도 보태주고 싶어 쓰던 그릇을 새것처럼 보이게 닦고 또 닦았을 어머니. 나름 소중하게 생각하고 쓰임이 많을 것 같은 스뎅 대접을 열 개씩이나 어렵게 가져오신 것이다.

어머님은 층층시하 어른들 눈치를 보며 살갑지 않은 남편까지 호된 시집살이를 하며 사셨다고 했다. 평생을 당신 자식들만 잘되기를 소망하며 이 자식, 저 자식 눈치를 보며 사신 분이다. 남편은 그런 어머님이 늘 못마땅해 언제나 당당하게 행동하시기를 바랐지만 어쩌면 어머님의 그런 처신이 대가족을 이끌어간 힘이었을지도 모른다. 내가 삼십여 년이 넘도록 대접을 차마 버리지 못하는 이유는 그때 어머님 마음이 소중하고 아리게 다가오기 때문이다.

수세미에 세제를 묻혀 대접을 싹싹 닦아 다시 선반 위에 올려놓았다. 반짝거리며 윤기가 도는 것이 새 그릇 같다. 내 손에서 이래 치이고 저래 치여도 언제나 한결같은 어머님의 선물이다. 어머니가 살아내신 그 오랜 세월의 무게를 감히 가늠할 수는 없지만, 오늘은 어딘지 모르게 무던한 '스뎅 대접'을 닮은 어머니가 "막내야"하고 부르실 것만 같다.

목화솜 이불

골칫거리였다. 외풍을 막아주고 포근하게 감싸주던 따스함이 필요 없어진 그때부터였다. 열 번 넘게 이사를 하면서도 덩치가 큰 목화솜 이불을 보물단지처럼 모시고 다녔다. 그런 이불이 우리 가족이 아파트에 자리를 잡고, 스위치만 올리면 바닥이 따끈따끈해지는 흙 침대를 들이면서 버림을 받았다. 이불장에 들어앉아 빛을 보지 못한 지 십여 년이 넘었다. 계절마다 한 번씩 집 정리를 하며 쓰레기 봉투에 담았다가 도로 꺼내 놓기를 여러 해 반복했다.

아깝기도 했지만, 그보다는 이불을 해주시며 말씀하시던 친정엄마의 목소리가 들리는 듯해서였다. 엄마는 결혼을 앞둔 나를 데리고 단골 이불집에 가셨다. 딸내미 시집가는데 다른 것은 몰라도 이불만은 제대로 만들어 보내야 발을 뻗고 주무실 것 같다고 하셨다. 그리고 몇 번이고 목화솜은 제일 좋은 것으로 써야 한다며 솜을 살피고 또 살펴보셨다.

신혼집은 외풍이 심한 주택이었다. 한겨울에는 윗목 화장대 위에 물을 떠다 놓으면 아침에는 그 물이 꽁꽁 얼어 있었다. 추운 집에서 엄마가 해주신 목화솜 이불은 빛을 발했다. 묵직하면서도 포근한 이불속에 들어가 있으면 어떤 추위도 두렵지 않았다. 그렇게 우리 가족을 따듯하게 덥혀 주던 이불이 아파트로 이사를 오면서 천덕꾸러기 신세가 된 것이다.

계절이 바뀌며 집 정리를 하느라 장롱을 열었다. 아니나 다를까 목화솜 이불이 눈에 또 거슬렸다. 이번에는 절대 흔들리지 않으리라. 이불을 꺼내 쓰레기봉투에 꾸역꾸역 눌러 담았다. 쓰레기봉투에서 홑청이 터져 솜이 세상 밖으로 빼꼼 고개를 내밀었다. 35년 세월이 무색하게 솜털처럼 부드럽고 색도 그대로였다. 이불을 다시 꺼내 방바닥에 펼쳐 놓았다. 이불커버를 벗기고 홑청도 뜯어내 솜만 꺼내 놓고 살펴보았다. 사람들이 왜 수식어로 솜털처럼 부드럽다고 말하는지 알 것 같았다. 나는 다시 목화솜을 고이 접어놓았다.

얼마 전 작은아이의 혼수 이불을 사러 이불 가게를 갔었다. 가격이 만만치 않았다. 이불은 좋은 목화솜을 써서 만들어야 한다고 힘주어 말씀하시던 엄마 마음이 이러했을까. 나도 작은아이에게 목화솜 이불은 아니어도 좋은 것으로 해주고 싶었다. 이불을 고르는 내내 집에 있는 엄마가 해준 이불이 눈에 어른거렸다.

집에 돌아와 인터넷을 검색해 오래된 목화솜 이불을 다시 만들어 주는 곳을 찾아냈다. 전화로 예약하고, 방문 상담을 받으며 견적을 뽑아 보니 배보다 배꼽이 큰 격이다. 솜이불 한 채를 가지고 침대 이불 여섯 채를 만들 수 있다고 했다. 솜을 틀어 살균 소독하고, 이불을 만드는데 비용이 오백만 원 가까이 나와 망설여졌다. 그 돈이면 요즘 유행하는 좋은 이불을 사도 충분할 것 같았다. 그러나 엄마의 목소리를 담고 있는 목화솜 이불을 내다 버릴 자신은 더 없었다.

이불을 주문했다. 솜을 보내며 예전의 엄마처럼 잘 부탁한다는 말을 여러 번 하며 고개를 숙였다. 하지만 고민은 계속 이어졌다. 내 선택이 무모한 것은 아니었을까. 이불에 너무 큰 의미를 부여하고 있는 것은 아닐까. 혹시 집착은 아니었을까. 보름 만에 목화솜은 새 이불로 돌아왔다. 환골탈태란 이런 경우를 두고 쓰는 말이었나보다. 아이들에게 한 채씩 줄 요량으로 요즘 유행에 맞게 주문하기는 했어도 디자인과 색상이 마음에 꼭 들었다.

사진을 찍어 두 딸에게 전송하고 분위기를 살폈다. 내 걱정과 달리 아이들은 외할머니표 이불이라며 좋아했다. 색상을 놓고 먼저 고르라며 선택권을 두고 옥신각신한다. 그 모습을 보며 목화솜을 버리지 않고 이불을 만들길 잘했구나 싶어 뿌듯했다. 엄마가 이 모습을 보셨다면 무어라 하셨을까.

큰아이가 이불을 가지고 가며 자기도 잘 덮다가 손주 녀석들한테 다시 목화솜 이불을 만들어 대물림하겠다고 한다. 어림도 없을 그 소리가 왠지 고맙기만 했다. 35년, 긴 시공간을 우리 가족과 함께 한 목화솜 이불이었다. 찬 바람이 불기 시작하면 우리 가족을 따뜻하게 해주고 아이들이 뒹굴고 장난치며 놀았던 이불이었다. 그때는 고마움도, 엄마가 넉넉지 않은 살림에도 왜 그리 목화솜을 고집하셨는지를 알지 못했다. 가끔 햇빛 세탁을 하며 이불이 무겁다고 투덜거리기만 했다. 목화솜이 왜 좋은지, 두툼하고 큰 이불을 만들려면 얼마나 많은 목화송이가 필요한지를, 송이 송이마다 이 땅 엄마들의 땀과 정성이 깃들어 있는지를, 단 한 번도 헤아려 본 적이 없었다. 무엇보다 목화솜 이불에 담긴 엄마의 사랑을 깨닫지 못했다.

세상은 많이 변하고 달라졌다. 요즘 엄마들은 예전처럼 딸을 결혼시킬 때 굳이 목화솜 이불을 고집하지 않는다. 아이들도 본인들의 취향에 맞춰 잘 만들어진 이불을 고를 뿐이다. 나도 큰딸을 결혼시킬 때도, 결혼을 앞둔 작은아이에게도 흔히 말하는 메이커 이불을 사주었다.

이불을 만들어준 업체 사장님은 사람들이 목화의 가치를 너무 몰라 안타깝다고 했다. 아무리 요즘 이불이 품질이 좋다고 해도 우리나라 목화솜을 따라가지 못할뿐더러 돈 주고도 구하기 어렵다며 하소연도 했다. 나 역시도 마찬가지였다. 목화솜의 가치보다는 결혼할 때 넉넉지 않은 살림에도 목화솜 이불을 해주신 엄마의 그 마음을 저버릴 수 없어서였다.

두 딸에게 이불을 건네며 이 어미가 살아 있는 동안 내 아이들이, 내 아이들의 자식들이, 어려움 없이 건강하고 행복하게 잘 살아가기를 간절하게 기도했다. 나에게 목화솜 이불을 해주시던 엄마의 마음도 그러했으리라.

똥간 서재

기껏해야 한 평 남짓 작은 방이다. 그 작은 공간에 들어서면 숲속에 서 있는 듯 알싸한 향기가 흐른다. 나무의 나이테가 선명하게 보이고, 나뭇결이 그대로 드러나 있다. 여기저기 옹이가 박힌 흔적들도 나무들이 오랜 세월 마주했을 세상의 이야기를 담고 각기 다른 형상으로 나를 바라본다.

사람들은 자기만의 공간을 갖기를 소망한다. 그 공간이 넓거나 좁거나 이유는 분명 다를 테지만, 어떤 이는 온전하게 평화로운 휴식만을, 어떤 이는 꿈 꿔 왔던 일을 하며 행복해할 것이다. 나도 이 작은 방을 갖는 것이 오랜 소망이었다. 넓고 호화롭지 않지만 그래서 더 마음에 들고 정이 드는 방이다. 나는 이 작은 방에서 세상의 수많은 이야기를 품고 있을 옹이들과 무언의 이야기를 나누며, 나만의 결을 만들며 많은 시간을 보낼 생각이다.

주택에서 아파트로 이사를 결정하게 되면서 안방에 붙어 있는 화장실은 두통거리였다. 좁기도 했지만, 잠자리 옆에 냄새나고 습한 화장실을 두고 싶지 않았다. 집수리를 시작하기 전에 무조건 안방 화장실을 없애 달라고 했다. 모두 안방에 화장실은 꼭 필요하다며 여러 이유를 들어가며 만류했지만, 고집을 꺾지 않았다.

남편에게는 멀쩡한 화장실을 없애 달라는 내가 두통거리였나 보다. 며칠 동안 안방 화장실을 연신 들여다보며 고개를 갸웃거려가며 고민하는 듯했다. 그러더니 어느 날, 서재로 꾸며 보면 어떻겠냐고 물었다. 나야 늘 소망하던 일이었으니 두말이 필요 없었다. 하지만 다른 사람들은 멀쩡한 화장실을 없앤다고 할 때부터 어이없어하더니, 이번에는 화장실에 서재를 들인다고 하니 모두 황당한 표정이었다. 왜 아니 그렇겠는가. 서재의 이미지는 책이 가득한 공간에 넓은 책상과 안락한 의자를 연상하는 사람들이 대부분 아니던가. 공간이 넓은 것도 아니고 기껏해야 한 평 남짓 좁은 화장실에 서재라니 우리 부부의 무모함에 혀를 차기도 했다.

서재를 꾸며 준 일등 공신은 정년퇴직하고 목공 일을 배운 형부였다. 손바닥만 한 공간에 무조건 원목으로 서재를 만들어 달라는 내 등살에 늦은 시간까지 머리를 싸매고 일을 해야만 했다. 원래 손재주를 타고난 분이지만 한 사람이 들어와 운신하기도 힘든 좁은 공간에서 원목을 재서 자르고 붙이는 작업이 수월할 리 없었다. 형부는 보름 동안 허리 펼 사이도 없이 고생했다. 그리고 멀쩡한 화장실을 없애겠다는 철딱서니 없는 아내를 위해 살아가는 내내 불편함을 선택한 남편의 배려가 없었다면 불가능했을 일이었다. 그렇게 황당함과 무모함으로 나의 꿈의 공간이 마련되었다.

　문우들을 초대해서 집들이했다. 한편으로는 나만의 공간을 자랑하고 싶은 마음도 한몫했다. 집을 둘러보다가 서재를 들여다보며 한 문우가 외치듯 말했다. "누님 똥간에서 글을 쓰면 이제부터 누님 글은 모두 똥 글입니다." 여기저기서 웃음이 터지고 졸지에 꿈의 공간은 그 시간 이후로 '똥간 서재'로 등극 되었다. 그리고 내가 쓰는 모든 글도 '똥 글'이 될 운명이 되어 버렸다. 그런데도 마음은 하늘을 날고 있었다.

　문우들이 돌아간 후 '똥간 서재' '똥 글'이라고 되새김질해 보다가 문득 사찰에서 화장실을 해우소라고 하는 이유를 생각했다. 모두 비워버리면 뱃속이 상쾌해지는 것처럼 모든 근심도 함께 비워내라는 깊은 뜻이 있지 않은가. 소유와 집착에서 벗어나면 마음이 편해진다는 또 다른 의미이기도 하다. 지금까지 나는 욕심을 내려놓으며 살기보다는 아등바등 이기심으로 욕심을 채우며 살아왔다. 서재도 나만의 이기심과 욕심으로 누리게 된 호사였다.

　욕심과 집착을 버리고 비우며 산다는 것은 결코 쉬운 일이 아니다. 내 깜냥으로는 어림도 없는 일이다. 하지만 이 작은 똥간 서재에서 글을 쓰며 욕심과 집착을 비우는 연습도 함께 해볼 요량이다. 문우의 말대로 똥간 서재에서 '똥 글'을 쓰다 보면, 어느 날에는 누군가에게 회자 될 시원하고 상쾌한 글 한 편 정도는 쓰게 될지 누가 알겠는가.

방앗간에서

　모처럼 햇살이 좋다. 서둘러 고추가 담긴 자루를 차에 싣고 친정으로 향했다. 눅눅해진 고추가 마음에 걸려 햇살이 좋은 날을 기다려 온 터였다. 아침마다 창밖을 바라보며 볕이 좋기를 기다렸지만, 미세먼지를 듬뿍 품은 안개가 좀처럼 자리를 내어주지 않았다.

　마당에 자리를 펴고 고추를 펼쳐 널었다. 붉은 고추가 바람과 햇살 아래 더욱 붉고 선명하다. 며칠 전 지인에게 부탁해 가져온 마른 고추를 남편과 함께 기침과 재채기를 해가며 꼭지를 따 놓았다. 일 년 동안 먹을 식량 고춧가루와 고추장을 담기 위해서 준비를 한 것이다. 한참을 햇살에 말린 후 만져보니 달각달각 고추씨 부딪히는 소리가 난다.

　방앗간은 이미 사람들로 왁자지껄 소란스럽다. 마당 가득 고추 자루들과 사람들이 섞여 순서를 기다리고 있다. 나도 그 틈에 끼어들어 그네들과 같은 풍경이 된다. 마당을 둘러보았다. 기계 돌아가는 소리가 시끄러운 탓인지 사람들 말소리마저 덩달아 커져 있어 정신이 없다. 오랜만에 만나는 정겨운 모습이다.

평상 한 귀퉁이에 자리 잡고 순서를 기다리는데 "새댁은 어디서 왔수?"하고 옆에 앉은 할머니가 묻는다. 왜 그 말이 새댁이 아니고 '새 닭'으로 들리는지 나도 모르게 배시시 웃어버렸다. 이제는 '새댁' 소리를 들을 만큼은 아닌 것 같은데 둘러보니 방앗간 마당 평상에 앉아계시는 분들이 머리에 하얗게 서리가 내린 연로하신 분들뿐이다.

등이 굽거나 허리가 휘어지고, 검버섯이 가득한 손등을 바라보려니 나의 미래를 바라보는 듯 애잔하다. 올여름은 유난스럽게 가물고 무더웠는데 저 굽은 허리로 고추 농사를 어찌 지었을까. 삼복더위 뙤약볕 아래 고추는 어찌 땄을까. 아마도 자식들 나눠줄 생각에 고단함은 잠시 긴 밭고랑 내려놓았으리라. 젊은 사람도 힘들어 피하고 싶은 그 일들을 오롯이 자식들을 위해 견디고 견디었을 것이다. 옆에 할머니는 돈 주고 사 먹으면 된다고 힘들게 농사짓지 말라는 자식들 성화도 모르는 체했다고 했다. 어디 당신이 손수 농사지은 것만 하겠냐며 삭신이 허락하는 한 당신 손으로 농사를 짓겠다고 한다. "힘드시잖아요" 했더니 "그게 부모 맴인겨." 하신다. 영락없이 우리 엄마 모습이다.

결혼하고 지금까지 엄마가 농사지어 주신 고춧가루로 김치를 담그고 반찬을 만들어 밥상을 차렸다. 어머니도 늘 삭신이 허락하는 한 모든 것을 다 하려 하셨고, 삭신이 허락하지 않는 요즘에도 다리를 절룩이며 자식들에게 손수 해주지 못해 애달아하신다. 오늘만 해도 내가 도착하기도 전에 마당에 자리를 내어놓고 기다리고 계셨다. 그리고 고추를 널어주겠다며 한 손으로 지팡이를 의지하고 마당을 서성이셨다. 그 모습이 속상해서 내가 해도 된다며 빽 쏘아붙이고 말았다.

자식들에게 더해주지 못해서 애달아 하는 세상의 어머니들이 시골 방앗간을 훈훈하게 데우고 있음을 자식들은 알고 있을까. 시끄러운 기계 소리는 이미 노인들에게는 노래 장단이 되어 그 가락에 은근슬쩍 자식 자랑을 끼어놓기도 하고, 손주들 자랑에 손짓, 발짓 시늉해 가며 어깨를 들썩인다. 어느 사이 나도 이 땅의 숭고한 어머니들 사이에 끼어들어 손뼉을 치기도 하고, 고개를 끄덕이며 장단을 맞추고 있다.

12월의 의미

봄과 여름이 지나고 가을을 훌쩍 넘겨 12월의 끝자락에 와 있다. "어머 벌써?"라고 안타까운 심경을 들어내 본들, 시간은 단 일 초도 지체하지 않고 불변의 법칙으로 흐른다. 그 불변의 법칙을 따라 우리 부부도 지천명의 문턱을 넘었다. 덩그러니 한 장 남은 달력은 가벼움 때문인지 아니면 일 년을 살아낸 안도감인지 문을 여닫는 엷은 바람에도 일렁인다. 덩달아 내 마음도 사라져간 시간의 흔적에 부질없이 일렁이고 있다.

지금쯤 사람들은 일 년을 무사히 살아낸 것을 자축하자며 송년회 이야기가 오고 갈 것이다. 문득 지난해 이맘때 일이 떠오른다. 남편은 가족 송년회를 이야기하며 무탈하게 살아준 아이들과 우리 부부가 스스로 대견하다고 했다. 그러더니 최선을 다하며 살아준 것에 대한 고마움의 표시로 서로에게 상을 주면 어떻겠냐고 했다. 순간, 가족이라면 당연한 것을 이 사람이 생색이라도 내려는 건가 싶었다. 조곤조곤 설명하는 남편의 이야기를 듣고 보니, 말도 안 되는 소리하지 말라며 타박을 한 나의 좁은 소견이 슬그머니 부끄러워졌다.

나 역시도 일 년 동안 큰 사고 없이 보낸 아이들과 남편이 고맙다. 그것만으로도 나는 한 해 소망을 이룬 셈이다. 남편과 아이들도 그럴 것이다. 어려울 때는 언제나 가족들이 함께여서 위기를 넘길 수 있었다. 달리 큰 소망을 이뤄낸 것이 아니면 어떠하랴. 이 정도면 남편의 말처럼 가족끼리 바라보며 서로에게 상을 줄 자격과 받을 자격이 충분하지 않겠는가.

언제나 12월은 한 해를 마무리하는 마지막 달이라고만 생각했다. 매번 시간이 빠르다고 투덜거리거나, 새해에 거창하게 설계한 꿈이 물거품이 된 것에 대해 아쉬움만 토로했다. 그런데 새로운 꿈이 시작되는 의미 깊은 달이 될 수 있음을 남편 덕분에 알게 되었다.

그동안 나는 왜 그런 생각을 하지 못했을까. 어쩌면 가족이란 허물없는 관계 때문에 그러려니 했을 것이다. 작은 것에 감사할 줄 모르며 살아온 이기심 때문이기도 하리라. 만약 가족이란 울타리 안에서 서로를 바라보며 이해하는 통로가 부족했다면 어떠했을까. 아마도 서로를 외면하며 무늬만 가족이란 이름으로 살아왔을지도 모른다. 예전에는 한 해를 보내는 아쉬움에 배달 음식을 시켜놓고 이런저런 이야기로 한해를 배웅했었다. 그도 나쁘지는 않았지만, 무언가를 잃어버린 듯 공허했다. 남편도 그러했었나 보다.

아이들과 내가 손뼉을 치며 찬성하니 남편은 마음이 바빠지는 모양이다. 이왕이면 상장도 있었으면 좋겠다며 아이들에게 좋은 생각을 모아 보라 했다. 덩달아 아이들도 이런저런 궁리를 하는 듯 머리를 맞대고 소곤거린다. 작은 아이는 한술 더 떠 부상은 금돼지로 해달라고 졸랐다. 제 아빠를 조르던 아이 소망대로 금으로 만든 작은 돼지를 부상으로 주고받으며 12월 마지막 날을 배웅했다. 우리 가족에게 12월은 새로운 의미가 되었다.

지금 우리 집 거실 벽면에는 커다란 액자가 걸려있다. 액자 속에는 가족사진이 아닌 표창장으로 받은 상장이 나란히 진열되어 있다. 그 안에는 각자 이루고 싶은 새해의 소망도 우리 가족과 일 년 동안 동고동락한다. 액자를 바라볼 때마다 흐트러지는 마음을 잡기도 하고, 작년에는 내가 저렇게 열심히 살아왔다고 생각하며 위안받기도 한다. 이제 상장이 들어있는 액자는 가족 모두의 소중한 나침반이 되었다.

나는 지금 상상하는 것만으로도 두근거린다. 작년 나의 표창장 제목은 '슈퍼 철인 상'이었는데 올해는 가족들이 어떤 상으로 줄지 기대된다. 또 남편과 아이들에겐 어떤 제목의 상장을 줘야 할지 즐거운 고민을 한다. 졸업과 동시에 취직해서 '홍삼보다 효녀 상'을 받았던 큰딸에게는 직장 새내기로 잘 견뎌준 의미로 상을 줘야 할 것 같고, 눈물을 머금고 여름내 방학의 즐거움도 포기하고 이 어미를 위해 헌신한 막내에게는 작년과 마찬가지로 '새끼 철인 상'을 줘야 할지도 모르겠다.

그동안 고생만 시킨다고 투덜거리며 원망도 많이 했는데 남편은 우리 가족의 빛나는 등대였다. 새삼스레 가족의 울타리가 넓고 튼튼하다는 것이 감사하다. 오늘은 해마다 12월을 의미 있게 보낼 수 있게 해준 남편에게 '가족 등대 상'은 어떠냐고 넌지시 물어봐야겠다.

옹이

어느 날부터 생긴 버릇인지는 기억나지 않는다. 가끔 외식하러 식당에 가는 날에는 반찬을 날라다 주고 밥을 챙겨주는 종업원 손을 유심히 바라보게 된다. 집 앞 가게를 갈 때도, 일이 있어 사람들을 만날 때에도 자연스럽게 내 눈길이 머무르는 곳은 사람들의 손이었다. 얼굴도 아닌 손에 눈길이 머무는 것은 어찌해보겠는데 가끔은 어루만져주고 싶은 충동을 느끼니 행여 큰 실수를 저지르게 될까봐 겁이 났다.

가만히 내 손을 들여다본다. 양손을 맞잡아 그리운 사람 오랜만에 만나 회포를 풀듯 양손을 쓰다듬어 보기도 하고 보듬어 본다. 애초부터 예쁜 손을 가지고 태어난 것은 아니었지만, 세상살이에 휘둘려 살다 보니 예전의 매끄럽던 손은 온데간데없이 매우 거칠고 투박하다. 손가락 마디도 나무의 옹이처럼 보인다.

그래서일까. 가끔 피아노를 치는 딸아이의 손을 보면 부러웠다. 작고 하얀 손가락이 건반 위를 바쁘게 움직이며 연주할 때면 피아노의 선율이 귀에 들어오는 것이 아니라 아이의 손을 바라보느라 넋이 나갔다. 아직은 세상의 때가 묻지 않은 보드랍고 순수한 손이다. 언제 보아도 사랑스럽다.

얼마 전이었다. 남편의 손을 잡고 장난스럽게 흔들며 살펴보다 눈두덩이 뜨거워졌다. 검게 그을린 손가락 마디마다 옹이가 박혀 있었다. 손바닥은 투박하다 못해 거북이 등가죽 같아 오래된 나무의 껍질처럼 보였다. 남편의 거칠어진 손은 가족들을 먹여 살리느라 고생한 흔적을 고스란히 증명하고 있었다. 그 오랜 시간 하소연도 못 하고 얼마나 힘들었을까. 또, 다시 눈시울이 뜨거워진다.

남편은 막내아들로 고생을 모르고 자랐다고 했다. 어려움 없이 성장해서 자유분방한 성격이 되었을까. 틀에 박힌 직장생활을 못 견뎌 했다. 젊은 시절부터 자신만의 가게를 운영하고 싶어 직장을 그만두고 처음 시작한 일이 과일 가게였다. 아마도 장사를 하면 자유롭고 원하는 대로 잘될 거라고만 생각했던 모양이다. 세상 물정 모르는 사람이 사전 지식도 없이 패기만으로 험난한 세상과 마주했으니 결과는 불을 보듯 뻔했다.

몇 번의 실패를 거듭하고 자리 잡기까지는 오랜 시간 몸고생, 마음고생을 달고 살았다. 세상살이에 휘둘려 내 손이 거칠어 가는 만큼 남편의 손에도 옹이가 박히고 있었나 보다. 그런데 나는 왜 몰랐을까. 분명 알면서도 설움에 겨워 굳이 아는 척을 하지 않았을 것이다. 가장 가까이 있는 내 사람의 손은 외면하고 타인의 손을 바라보며 어루만져주고 싶어 오지랖을 부리다니 얼마나 어리석고 한심한 옆지기인가.

부부의 귀한 인연으로 만나 날마다 좋은 날이기를 바란 것은 아니었다. 오랜 시간 티격태격하면서 정이 들었다. 가정이란 둥지를 틀고 두 아이를 낳아 기르며 오랜 세월 부부란 이름으로 항해했다. 강산도 변한다는 세월에 무슨 일은 없었겠는가. 세상 모든 부부가 그러하듯 우리도 수많은 시행착오를 겪으며 살았다. 때로는 서로를 원망하며 좌절하기도 하고, 다시 일어서기를 반복했다. 헤아려보면 서로의 마음에 옹이를 만들 상처를 주기도 하고 자신의 마음에도 생채기를 내며 살아온 듯하다.

얼마 전의 일이다. 남편은 나뭇결이 그대로 살아있는 버드나무로 만든 원목 탁자를 선물이라며 거실에 들여놓았다. 덕분에 나무 향기에 취해보기도 하고 책을 읽으며 차를 마시는 호사를 누리고 있다. 때로는 나무의 체온을 느껴보려 어루만져보기도 한다. 탁자에는 군데군데 옹이가 박혀 있다. 살펴보니 나뭇결과 자연스럽게 어우러진 아름다운 옹이가 있는가 하면 거무스레한 옹이도 있다. 옹이에도 죽은 옹이와 산 옹이가 있다고 한다. 나무는 오랜 세월 뜨거운 태양과 혹독한 추위, 때로는 폭풍우에 가지가 꺾이며 상처가 나고 그 상처를 품고 아름드리로 자랐을 것이다. 모진 인고의 시간을 견뎌내서일까. 나무의 몸 중에서 제일 단단하고 향기가 가장 짙게 배어 있는 곳이 옹이라고 한다.

우리 집 거실에 오기까지 숱한 세월을 감내했을 나무의 나이테를 헤아려본다. 그동안 어느 곳에서 자랐을까. 양지바른 언덕쯤이었으면 좋았을 텐데, 혹여 사시사철 비바람 들고 나는 황량한 벌판은 아니었을까. 애잔한 마음에 탁자를 이리저리 보듬어 안아보기도 하고, 고단한 세월을 품어 감내한 옹이의 향기를 음미해 본다.

　어찌 보면 우리 부부의 지난날도 옹이를 품은 나무의 삶과 별반 다르지 않았다. 내 손이 거칠어 가는 동안 남편도 아픈 날들을 켜켜이 가슴에 품어 옹이를 만들었을 터였다. 나는 남편을 편안한 친구처럼 같은 방향을 바라보며 살아왔다고 확신했었다. 투박한 손을 바라보니 어쩌면 그건 나만의 이기적인 생각이었다고, 옹이진 두 손이 당신은 매정한 사람이라고 무언의 시위를 하는 것 같다. 지금까지 가장의 의무와 두 아이의 아빠라는 책임감까지 당연한 것으로 여겨 남편에게만 짐을 맡기듯 떠밀어 힘겹게 했나 보다. 미안한 마음에 남편의 손을 살며시 어루만져본다. 투박한 마디마디의 옹이에서 따사로운 온기가 내 손으로 전해진다.

　남편 손에 박힌 옹이는 최선을 다해 살아온 날들의 고귀한 흔적이며 우리 가족의 생생한 역사다. 제 몸에 난 상처를 단단하고 향기로운 옹이가 되도록 보듬어 품는 나무처럼 남편은 우리 가족의 아름드리나무다.

햇살이 그린 그림

목련이 꽃망울 부풀리는 봄날, 친구가 찾아와 보따리 하나를 불쑥 내밀었다. 내게 주는 선물이라며 어서 풀어보라 눈빛으로 재촉한다. 그 눈짓에 보자기를 풀어 헤치고 상자를 열었다. 상자 안에는 겹겹이 포장 비닐을 두른 물건 하나가 들어 있다. 의아해서 친구를 바라보니 마저 풀어보라고 눈짓한다. 비닐을 벗기니 목단이 그려진 작은 백자항아리가 나붓이 반긴다.

"너에게 선물하고 싶어서 가져왔어." 제 남편 몰래 도자기 한 점을 챙기려고 가슴 졸였을 그녀를 생각하니 고마운 마음은 뒷전이고 짜증이 울컥 치밀어 오른다. 내 마음을 눈치챘는지 비싼 물건 아니라며 손사래를 친다. 그렇게 목단이 그려진 작은 도자기가 세월을 거슬러 가당치도 않게 내게로 왔다.

양념류를 보관하던 백여 년쯤에 만들어진 생활자기라 했다. 항아리 어딘가에는 백 년을 거슬러 온 양념 내음이 잠들어 있지는 않을까. 친구가 돌아간 후 며칠 동안 들여다보고 괜스레 킁킁거려 냄새도 맡아보았다.

문득, 옛날 고향 집 뒤란 햇살 좋은 곳을 차지하고 있던 장독대의 항아리들이 떠올랐다. 장독대는 마당보다 높게 단을 쌓아 높이고, 밟고 올라갈 수 있는 계단이 있었다. 납작한 돌들을 평평하게 깔고 틈새는 자갈을 깔아 놓았다. 그리고 커다란 간장독부터 고추장, 된장이 담긴 항아리까지 키 순서대로 나란히 놓여있었다. 하얀 옥매화가 피기 시작하면 붉은 명자꽃도 덩달아 시샘하듯 피어나고 여름이면 봉숭아, 족두리 꽃도 장독대 주변을 밝혔다. 장독대와 담벼락 아래는 내 어린 시절의 놀이터였다. 가끔 숨바꼭질할 때면 숨기 좋은 장소가 되어주기도 했다.

햇살이 좋은 날에는 항아리를 덮고 있는 뚜껑들을 모두 열어 놓았다. 그런 날에는 나도 덩달아 장독대 주변을 맴돌며 종종거렸다. 사금파리 그릇으로 꽃잎과 풀잎을 뜯어 소꿉놀이하는 척 엄마가 장독대에서 내려가기를 기다렸다. 엄마가 내려가야 장독대가 온전히 나만의 놀이터가 되기 때문이다. 나는 엄마의 흉내를 내며 작은 항아리부터 이리저리 살펴보았다. 내가 제일 좋아하는 독은 내 키보다 커서 까치발로 들여다볼 수 있는 간장이 가득 담긴 독이었다.

간장독에는 구름이 내려와 흐르고 있을 때도, 뒷동산이 긴 꼬리를 감추듯 엎드려있기도 했다. 가끔 꽃을 찾아온 벌과 나비들이 다녀가기도 했다. 무엇보다 간장독이 가장 눈부실 때는 따로 있었다. 해 질 무렵 햇살이 커다란 간장독을 찾아올 때다. 뒷동산 너머로 사라지는 해가 잠시 투박스러운 독을 휘감아 돌면, 그때부터 간장독은 세상에서 가장 빛나는 시간이었다. 짠 내 나는 검은 간장은 어디론가 사라졌다. 그곳에는 무지개 햇살이 눈부시게 펼쳐져 있었다. 나는 햇살이 그린 그림이 사라질 때까지 들여다보곤 해 엄마에게 장독에 머리를 박고 있다고 꾸중을 듣기도 했다.

예쁜 도자기를 앞에 두고 며칠을 들여다봐도 친구의 따뜻한 마음 말고는 달리 감동이 없는 이유는 뭘까. 아마도 어려서부터 투박한 항아리를 보고 자랐으며, 그 주변에서 맴돌며 놀았기 때문이기도 하리라. 무엇보다 백자항아리에서는 흐르는 구름과, 납작 엎드린 산 꼬리를, 항아리를 휘감아줄 눈이 부신 무지개 햇살을 만나지 못했기 때문일 것이다. 투박해 보이지만 편안해 좋고, 고추장을 담으면 고추장 항아리가, 된장을 담으면 된장 항아리가, 쌀을 담으면 그대로 쌀독이 되어주는, 그 넉넉한 품이 마냥 부럽기도 하다. 고운 백자항아리보다 투박하지만, 정다운 이야기가 금방이라도 줄줄 엮어져 나올듯한 옹기 항아리가 정이 더 가는 이유이기도 하다. 사람도 모나지 않고 서글서글한 사람에게 정이 더 가는 게 인지상정 아니던가.

나는 어떤 부류의 사람일지 가늠해본다. 결코 수더분하고 서글서글한 됨됨이는 아니지 싶다. 어린 날에는 여러 오빠 틈에서 천방지축 자랐다. 젊은 날에는 세상에 날을 세우고 살았다. 긍정적인 사고보다는 흑백논리로 세상을 가늠했으니 그때도 결코 둥글둥글 편한 모습은 아니었다. 나이 들어 헤아려보니 어린 날 가족들의 사랑과 무엇보다 나에게 추억할 수 있는 아름다운 유년 시절이 있었기에, 어려움을 이겨낼 힘과 조금은 무던해진 내가 존재한다고 믿는다. 그 믿음으로 우리 아이들에게도 훗날 추억할 수 있는 아름다운 유년을 선물하고 싶었다. 많은 사람이 교육을 핑계로 도시로 향할 때, 아이들을 위하여 도시에서 시골로 이사할 수 있는 용기도 낼 수 있었다.

언제나 햇살 담뿍 품어 눈부신 간장독 같은 그런 사람이기를 소망하지만, 어림도 없는 바람인 것을 잘 알고 있다. 하지만 어린 시절 놀이터였던 그 장독대와 간장독이 품은 눈부신 햇살 그림은 잊지 않으리.

어머니의 담배

　사내아이들 여럿이 허리를 구부리고 슬금슬금 나무 뒤로 숨어든다. 잠시 후 나뭇가지 사이로 자욱한 연기가 피어오른다. 아마도 녀석들이 옹기종기 쭈그려 앉아 담배를 급하게 피워대는 모양이다. 잠시 후면 아이들은 우르르 기어 나와 아무 일도 없었다는 듯 교복 바지에 묻은 검불들과 흙먼지를 툭툭 털며 키득거릴 것이 분명하다. 그래도 오늘은 녀석들에게 도덕적인 잣대를 들이대고 싶지 않은 날이다. 자우룩한 연기를 바라보며 엄마를 떠올렸기 때문이다.

　엄마가 담배 피우는 모습을 초등학교 때 처음 보았다. 한복을 곱게 입고 분명 어딘가를 다녀오신 후였는데 옷도 갈아입지 않고 툇마루에 걸터앉아 담배를 피우고 계셨다. 어린 나이에 우리 엄마가 담배를 피운다는 사실도 충격이었지만 평소와 다른 분위기에 놀라 부엌문 뒤에 숨어 몰래 지켜보았다.

　먼 산을 바라보며 길게 한숨을 내쉬는 엄마의 한숨 소리가, 연기와 하나 되어 허공으로 퍼졌다가 사라졌다. 그날, 아버지의 빈자리를 보았다. 그 이후로 나는 무엇을 해 달라고, 사 달라고도 떼를 쓰지 않는 아이가 되었다.

엄마는 수십 년 동안 담배를 피우며 살았다. 그런 엄마에게 금연을 할 기회가 찾아왔다. 큰 수술을 하신 것이다. 가족들은 건강을 생각해 금연을 은근슬쩍 권유했다. 가족들의 완곡한 바람에도 당신이 살면 얼마나 살겠냐며 꿋꿋하게 담배 연기를 허공에 날리는 엄마가 반갑고 고마웠다. 내심 엄마에게 응원을 보내기까지 했다.

그렇다고 내가 담배에 대한 환상이 있다거나 우호적인 것은 결코 아니다. 오히려 그 반대라 할 수 있다. 어느 날, 왜 사람들이 담배를 피우는지 궁금해 견딜 수가 없었다. 시도했다. 담배를 입에 물고 길게 숨을 들이켰다. 결과는 혹독했다. 매운 연기가 폐부 깊숙이 들어갔는지 오장육부를 흔들어 놓은 듯 심한 기침이 나고 얼굴은 온통 눈물 콧물 범벅이 되었다. 담배는 두 번 다시 상종 못 할 물건이었다. 몇 해 전에는 금연에 성공한 남편이 날짜를 헤아려가며 축하 파티를 열어 달라고 했을 때도 기꺼이 해주었다. 일 년이 되던 날에는 케이크 위에 촛불까지 켜놓고 아이들과 함께 고생한 남편에게 박수를 보냈다. 독한 담배를 끊어준 남편이 진심으로 고마워서였다.

사람들은 담배가 백해무익하다고 믿는다. 나 역시도 그중 한 사람이다. 그런데도 사회적인 통념으로 감히 엄마의 담배를 논하고 싶지 않다. 아직도 나는, 고운 한복을 입고 툇마루에 앉아 한숨 소리를 연기에 실어 보내던 엄마의 처연한 모습을 지울 수가 없기 때문이다. 수십 년을 홀로 살아내며 엄마가 품어내던 담배 연기와 긴한숨 속에는 내 몫도 있음이 분명하기 때문이다.

엄마의 담배 연기에는 한숨과 눈물이 배어 있다. 비명을 지르고 눈물을 흘려야만 슬픔과 아픔을 표현할 수 있는 것은 아니다. 깊은 한숨을 담은 담배 연기로도 슬픔과 아픔을 토해낼 수 있음을 엄마의 모습을 보며 알았다. 독한 담배를 피우며 살아낸 모진 세월 속에 지켜내려 했던 것은 당신의 안위가 아닌 여섯이나 되는 자식들이었을 터였다. 목이 아프도록 담배 연기를 삼키며, 아버지를 향한 그리움과 외로움은 가슴속 켜켜이 묻었으리라.

결혼을 하고 두 아이를 기르며 삼십여 년을 살아보니 담배를 피울수밖에 없었던 어머니의 힘겨웠을 시간이 먹먹하게 가슴을 짓누른다. 백지장도 맞들면 낫다는데 같이 들어줄 남편은 이미 저세상으로가버리고, 모진 세월 굽이굽이 얼마나 외롭고 고달팠을까. 어쩌면 담배는 가파르기만 한 어머니의 시간을 잠시 멈춰주는 유일한 도구는 아니었을까. 담배에 불을 붙이는 시간, 긴 숨을 들이켰다 내쉬는그 찰나가 어머니가 짊어진 삶의 무게를 잠시 잊게 한 유일한 낙이었을지도 모른다.

담배가 백해무익하다는 것은 아무리 강조해도 부족한 일이다. 오죽하면 공익광고에 담배를 사면서 "후두암 주세요. 폐암 주세요."라며 전 국민을 상대로 무시무시한 위협적 광고를 하겠는가. 그럼에도 불구하고 엄마가 피우는 담배를 저울질하고 싶지 않다. 평생 고단하게 살아오신 엄마의 삶이 무엇보다 소중하고 존경스럽기 때문이다.

요즘에도 가끔 담배를 피우신다. 달라진 것이 있다면 예전처럼 먼 산을 바라보며 긴 한숨을 연기에 실어 허공으로 날리지 않는다는 것이다. 그것만으로도 다행스럽고 감사하다. 구십을 바라보는 어머니에게 즐거운 일이 그리 많을까마는 이 세상에 계시는 그날까지는 담배를 피우며 한숨 쉴 일이 없기를 기도한다.

2

꽃을 닦으며

그동안 씨앗을 뿌려 자라난 꽃들을 바라보는 일이 가슴 뜨겁고 설레는 일이었다면 그 꽃을 따서 차를 덖는 일은 바쁘게 살아가던 나를 잠시라도 내려놓는 일이다. 말간 유리 다관에서 새롭게 피어나는 꽃들을 들여다보며, 고운 빛으로 맑게 우러난 차를 즐길 때면 언제나 고요하고 평화롭다. 나를 바라볼 수 있는 유일한 시간이기도 하다.

- 본문 중에서

꽃을 덖으며

언제부터였을까. 꽃과 나무들이 서로 같은 듯 다른 모습들을 바라보고 지켜보는 것이 가슴 뜨겁고 설레는 일이 되었다. 내가 뿌린 씨앗들이 흙을 들어 올리고 여린 새싹을 틔울 때, 무럭무럭 자라나서 꽃을 피울 때, 꽃이 지고 다음 해를 기다리며 씨앗을 받을 때, 나는 내가 살아가야 할 이유를 추가하곤 했다. 그리고 이 가을에 살아가야 할 이유 하나를 더 추가하기로 했다. 꽃을 따서 차로 만드는 일이다.

꽃을 덖는 일은 꽃에 또 다른 생명을 불어넣어 주는 일이다. 어찌 보면 예쁘게 피어 있는 꽃을 따서 뜨거운 팬에 올려 덖는 일이 인간의 이기심에서 시작된 일일지도 모른다. 하지만 나는 꽃을 덖어 차로 만들어지기까지 녹록지 않은 시간과 어려운 과정을 익히며 결코 사람의 이기심만으로는 설명할 수 없다는 것을 알게 되었다.

세상에 존재하는 모든 것들이 어느 것 하나 똑같은 것이 없듯 꽃들도 그렇다. 같은 꽃이라도 모양새가 다르고 향기도 달라 덖는 방법도 꽃에 따라서 달라진다. 잎이 두툼한 재료들은 뜨거운 김을 올려 익히고, 풋내를 제거하기 위해 살청을 해야 한다. 그리고 차가 잘 우러나고 깊은 맛을 위해 손으로 비벼가며 익힘과 식힘을 여러 번 반복해야 한다. 흔히들 말하는 구증구포를 하는 것이다. 마지막으로 반드시 고온 덖음으로 향 매김을 한 후 잠을 재운다. 혹시나 모를 꽃 속에 남아있는 수분을 날리기 위해서다.

이 모든 과정을 지나야 향기로운 꽃차가 탄생한다. 반면 꽃잎이 여린 꽃들은 온도조절을 해가며 조심스럽게 해야 하는데 마치 유리 그릇 다루듯 해야 한다. 그래야만 꽃잎들이 부서지지 않고 제대로 된 꽃차가 만들어진다.

꽃을 덖는 일은 긴 시간 인내심과 정성, 기다림이 필요하다. 오롯이 집중해야 온전한 차 맛을 낼 수 있고 꽃에 체온을 불어 넣을 수 있다. 혹여 다른 생각에 한눈을 팔게 되면 꽃은 여지없이 타버려 차의 가치를 잃어버린다.

덖은 꽃송이를 유리 다관에 넣고 김이 모락모락 오르는 물을 부었다. 잠시 후 마른 꽃잎에 생기가 돌기 시작한다. 꽃들이 활짝 피어나며 맑게 꽃물이 우러난다. 한 모금 마시니 꽃의 체온이 게으름에 늘어져 있던 나의 체온을 따스하게 덥히고 있다. 시끄럽던 마음이 잠잠해지고 이내 평화가 찾아온다. 이런 기분 정말 오랜만이다.

나는 언제나 바쁘고 빠르게 살아가는 것에 길들어진 사람이다. 지금까지 살아오면서 온전하게 나 자신을 들여다본 적은 몇 번이나 될까. 하루하루를 "살아가다"가 아니라 언제나 "살아내다"라고 하는 나의 삶의 표현 방식이 의아해 나에게 스스로 수없이 질문을 던졌다. 어쩌면 나는 내게 주어진 삶의 부피와 무게를 감당하기 버거웠나 보다. 그러면서도 아닌 척 늘 쫓기듯 허둥지둥 살아내다 보니 나도 모르는 사이 생겨버린 속마음 생채기 같은 것은 아니었을까.

그동안 씨앗을 뿌려 자라난 꽃들을 바라보는 일이 가슴 뜨겁고 설레는 일이었다면 그 꽃을 따서 차를 덖는 일은 바쁘게 살아가던 나를 잠시라도 내려놓는 일이다. 말간 유리 다관에서 새롭게 피어나는 꽃들을 들여다보며, 고운 빛으로 맑게 우러난 차를 즐길 때면 언제나 고요하고 평화롭다. 나를 바라볼 수 있는 유일한 시간이기도 하다. 지금까지 삶을 바쁘게 허둥지둥 살아냈다면 이제부터는 느릿느릿 쉬엄쉬엄 살아보련다. 어쩌면 그토록 갈망했던 내 삶의 퍼즐 한 조각은 이런 모습은 아니었을까.

태고의 향기를 품은 꽃

- 목련꽃 차

계절이 봄의 문턱을 넘었다. 찬바람이 제법 매섭지만 바람 어딘가에는 모두를 들뜨게 하는 따뜻한 봄의 온기가 실려 오고 있을 것이 분명하다. 베란다 너머로 들어오는 햇살도 날마다 조금씩 따스함이 짙어지고 있다.

요즘 나는 목련꽃과 씨름을 하는 중이다. 꽃이 피는 시기도 아닌데 웬 목련꽃과 씨름을 하고 있냐고 하겠지만 사실이다. 얼마 전부터 '보타니컬 아트'를 배우는 중인데 스케치를 배우고 난 다음 첫 작품으로 목련꽃을 색칠하고 있다. 꽃과 식물을 좋아하는 것으로는 누구에게도 지지 않을 만큼 자신 있다고 자부하던 터에 그깟 색연필로 색칠하는 것쯤은 쉽게 터득하고 배우게 될 줄 알았다. 하지만 현실은 달랐다. 분홍도 다 같은 분홍이 아니요, 초록뿐만 아니라 갈색도 다 같은 갈색이 아니었다. 꽃잎 한 장 색을 입히는데도 수십 번, 수백 번, 들여다보고 또 들여다보며 관찰하고 결 따라 색을 입혀야 했다.

　사람마다 좋아하는 꽃이 있고 선호도가 다르듯 나는 그다지 목련 꽃을 좋아하지 않았다. 그 이유 중 하나가 목련이 질 때 모습이었다. 겨우내 그 어느 꽃보다 많이 애쓰며 꽃망울을 키우는 것처럼 보이는데 애쓴 흔적이 어느 날 한순간 스러지는 느낌이랄까. 또 우아하고 고귀하던 모습은 온데간데없이 하얀 꽃잎이 바닥에 뒹굴며 누렇게 변해 사람들 발길에 차이는 게 보기 싫었다. 인내심 없는 꽃으로는 목련이 최고일 거로 생각했다. 아마 내가 꽃을 좋아하는 기준은 마지막 지는 모습도 아름답게 느껴지는 순간이었던 것 같다. 어쩌면 내 기준은 눈으로 보이는 것에만 잣대를 들여댔기 때문일 것이다.

　지난봄 목련꽃으로 차를 덖으며 내 기준이 편견이었음을 알았다. 내가 생각한 인내심도 없고 쓰임도 없을 거로 생각했던 목련 나무와 꽃에는 미처 알지 못한 이야기들과 고대의 향기를 품고 있었다. 오랜 옛날 공룡이 살았던 백악기 시대부터 지금까지 살아남은 식물 중 하나가 목련 나무라는 걸 나는 알지 못했다. 심지어 벌과 나비도 없던 시기였다. 하여 꽃에는 꿀샘이 발달하지 못했고, 목련꽃 향기가 유난히 진하고 멀리 퍼지는 이유는 딱정벌레들을 불러 모으기 위한 생존방식이었다. 백악기 때부터 살아온 나무였다니 그 세월을 어찌 가늠할 수 있을까. 이보다 인내심 강하고 태고의 향기를 품고 있는 나무가 얼마나 될까.

　목련꽃은 생약명으로 신이화(辛夷花)라고 불린다. 성질은 따듯하고 맛은 매우나 독은 없다. 호흡기 질환이 불청객으로 많이 찾아오는 환절기에 마시면 몸을 따뜻하게 만들어주는 대표적인 차가 목련 꽃차다. 환절기만 되면 꼭 고통스러운 비염을 함께 맞이하는 사람들은 목련 꽃차를 즐겨 마시면 한결 수월하게 환절기를 보낼 수 있을 것이다. 그리고 목련 꽃차에는 피부에 좋은 성분들이 있어 피부미인에 한발 다가갈 수도 있는 차다.

차를 덖으며, 차를 우리며, 늘 드는 의문은 얼마나 마셔야 몸에 좋을까. 혹은 얼마나 많이 마시면 부작용이 일어날까이다. 과유불급(過猶不及) 이보다 더 적절한 단어는 없을 것 같다. 몸에 좋다고 주구장창 마신다면 아무리 몸에 좋은들 마냥 좋을까.

지난봄에 꽃잎을 한 장 한 장 떼어 덖어놓은 차를 우렸다. 김이 모락모락 오르며 목련꽃 향기가 그윽하게 퍼진다. 그동안 인내심이라고는 조금도 없는 꽃이라고, 꽃잎이 떨어질 때 왜 그리 흉하냐고, 타박하던 마음을 내려놓으며 다시 하얀 화폭을 마주한다. 아래쪽 가지에 자목련이 한 송이 피어나고 가지 끝에는 다른 송이가 꽃봉오리를 부풀리는 중이다. 초보자의 그림으로 피어난 목련임에도 고귀함이 흐르고 있는 듯 느껴지는 것은 내가 지금 향기로운 차를 마시고 있기 때문일 수도 있으리라.

엄마가 그리운 여름 차

- 익모초차

아직 여름이라고 하기에는 이른듯한데 벌써 찜통더위다. 본격적으로 무더위가 시작되면 어떻게 버틸지 막막해지지만, 작년에 덖어 둔 익모초차가 있어 든든하다.

가게를 그만둘 생각으로 가게를 내놓고, 올해는 튀김기 앞을 벗어날 수 있다는 기대로 한껏 부풀었는데, 한낮 꿈으로 끝나려나 보다. 프랜차이즈 치킨점을 운영한 지 이십여 년이 넘었다. 검은 머리였던 내 머리에도 서리가 하얗게 내리고 초등학생이었던 딸들은 어른이 되어 제 몫을 하며 잘 살아가고 있다.

같은 자리에서 오랜 세월 가게를 운영하다 보니 별의별 일을 다 겪으며 보낸 세월이었다. 물론 힘든 일도 많았지만, 가게를 하면서 우리 가족을 지켜낼 수 있었고 무엇보다 나 자신을 지킬 수 있었다. 경기가 최악이라 해도 부정할 사람 없을 요즘이지만, 개인적으로 다행이라 생각하는 것은 아이들도 다 성장시키고 그리 큰돈 쓸 일이 없다는 것이다. 하지만 아직 한창 아이들을 뒷바라지해야 할 사람들은 버텨내기 힘든 시간을 보내고 있을 거라 짐작해 본다. 날씨마저 사람들을 힘들게 하니 생각만으로도 익모초즙을 마신 것처럼 입맛이 쓰디쓰다.

치킨점을 시작하던 첫해 여름이었다. 고온의 튀김기 앞에서 종일 서 있다 보면 녹초가 되었다. 튀김기 열기를 감당하기 힘들었는지 어느 날부터 속이 메스껍고 울렁거렸다. 처음에는 일이 고되고 체력이 부족해서 생기는 증상인 줄만 알았다. 어쩌다 그런 증상들을 친정엄마에게 이야기하게 되었나 보다.

어느 날 친정에 들리라 연락이 와서 갔더니 식탁 위에 놓여있는 병을 가져가라 하셨다. 병 안에는 짙은 정체불명의 암녹색 물이 가득 담겨 있었다. "엄청나게 쓸 테지만 약이라고 생각하고 먹어. 더위 먹은 데에는 익모초만큼 좋은 게 없어" 하셨다.

집으로 돌아와 병을 바라보는데 도저히 마실 엄두가 나지 않았다. 그사이 익모초즙은 더 검은빛으로 변해 있었다. 마음을 다잡았다. 약이라니까, 내가 뜨거운 열을 견디지 못해 더위를 먹은 거라니까, 무엇보다 뜨거운 불 앞에서 일하는 딸이 안타까워 엄마가 손수 절구에 익모초를 빻아 즙을 낸 거라니까, 눈을 질끈 감고 컵에 따라 엄마를 생각하며 마셨다.

익모초즙의 쓴맛은 무자비했다. 평생 내가 먹어본 그 어떤 쓴맛과도 비교할 수 없는 맛이었다. 하지만 익모초의 효과는 신기했다.

시간이 지날수록 메슥거림과 울렁거림이 잦아들고 흐르던 식은땀도 멈췄다. 엄마의 익모초즙 때문에 그해 여름을 무사히 넘길 수 있었다.

지난해 여름이었다. 지인이 산속 텃밭에 익모초가 많다며 한 아름 베어다 주었다. 차로 덖을 생각을 하게 된 것은 엄마가 해주셨던 즙 때문이었다. 쓰디쓴 익모초였지만 확실하게 도움을 받았고, 그 경험 때문인지 뜨거운 뙤약볕 아래에서 일할 수밖에 없는 남편과 지인들이 눈에 밟혔다. 즙보다는 차로 덖으면 마시기도 수월해지고 쓴맛을 조절해서 누구나 부담 없이 마실 수 있기 때문이다. 먼저 잎을 따고 억센 줄기를 가르고 잘게 썰어 살청을 했다. 구증구포하는 동안 뜨거운 지열을 감내하며 배달하는 남편 얼굴이, 무더위와 씨름하는 언니, 오빠가, 뙤약볕 아래 농사를 지으며 씨름하는 지인들의 얼굴이 차례로 떠올랐다.

익모초(益母草)라는 이름을 풀어내면 어머니에게 유익한 풀이다. 이름값을 하느라 효능도 여성들에게 쓰임이 많은 약초다. 꽃말도 모정, 이로움. 유익. 고생 끝에 낙이 온다. 인 걸 보면, 익모초는 쓴맛에 비해 두루두루 좋은 점이 많은 약초임이 분명하다. 하지만 예전처럼 흔하게 익모초를 볼 수도, 구할 수도 없어 아쉽지만, 봄에 씨앗을 뿌려놓은 것이 조금씩 자라고 있어 위안이 된다. 오늘은 작년에 지인들에게 나눔 한 익모초차가 아직 남아있느냐고 여기저기 전화를 해볼 참이다.

반드시 오고야 말 행복

– 마리골드 차

처서가 지났다. 아무리 찜통더위라 해도 처서 앞에서는 고개를 숙일 줄 알았다. 웬걸! 한낮 더위는 그대로가 아닌가. 아니다. 절기 앞에 불볕더위도 조금은 밀려났는지 아침저녁으로는 에어컨이 아닌 선풍기 바람만으로도 견딜 만한 걸 보면 덜 덥긴 한가 보다.

차를 우린다. 꽃을 소재로 글을 쓰기 전에 갖춰야 하는 의식처럼 글의 주인공이 될 꽃을 우려 노트북 옆에 놓아둔다. 글을 써 내려가다 막히면 입으로 한 모금 마시며 생각하고, 눈으로 유리 다관에서 다시 피어난 꽃을 바라보며, 새싹이 돋아 자라나고, 꽃으로 피어나 차로 덖어져 내 찻잔에 담길 때까지의 여정을 떠올린다. 이번에는 마리골드(marigold)꽃이다. 흔히 '메리골드'라 불리는 꽃이다.

쉬어家를 들어서면 밭과 마당의 경계에 마리골드만 심은 꽃밭이 있다. 꽃이 피기 시작하면 서리가 내릴 때까지 피고 지고 하여 마당을 들어설 때마다 눈을 즐겁게 해준다. 서광이라고도 불리는 이 꽃은 향기가 진하고 매우 독특하다. 그 독특한 향기를 뱀이 싫어한다고 하여 시골마당 곳곳에 간택되어 심는 꽃이다. 나도 누군가의 그 말을 믿고 농막 이곳저곳에 심은 꽃이기도 하다. 그런데 어느 날, 농막에서 마리골드 꽃밭 사이로 소 닭 보듯 유유히 지나가는 뱀을 보며 속설이 사실이 아닐 수도 있겠다고 생각했다. 그래도 다른 꽃들과 달리 진딧물과 벌레들의 습격은 받지 않는 것 같았다. 처음에는 뱀이 나타나는 것을 막아보려 여기저기 심었던 꽃을, 지금은 꽃차로 만들 생각으로 심어 가꾸고 있으니 이게 무슨 아이러니한 일인가 싶어 웃음이 나온다.

내가 마리골드만 심어 꽃밭을 만들 생각을 하게 된 데에는 특별한 이유가 있다. '반드시 오고야 말 행복'이라는 꽃말 때문이다. 행복이 반드시 온다니 이 얼마나 희망적이고 긍정적인가. 사람들이 힘겹게 살아가면서도 언젠가는 반드시 행복해질 거라는 믿음으로 살아가는 이치와 같지 않은가.

반드시 오고야 말 행복을 꽃말로 품은 마리골드는 성분도 효능도 다양하다. 눈에 좋은 루테인 성분이 들어 있다는 것은 꽃에 별 관심 없는 사람들도 한 번쯤은 들어 봤을 것이다. 이뿐만 아니라 항산화 작용하여 노화 예방에도, 목감기에도, 피부미용에도, 면역력 강화에도 효과가 있다.

올여름은 누구라 할 것 없이 불볕더위에 만사가 귀찮아지는 나날이었다. 나도 별반 다르지 않아 마리골드꽃이 만발인데도 뜨거운 팬 앞에서 꽃차를 만들 엄두를 내지 못하고 있다. 다행인 것은 만수국이라 불릴 만큼 늦은 서리가 내리기 전까지는 꽃을 피우니 날이 선선해질 때만을 기다리는 중이다.

손수 가꾼 꽃으로 차로 만들어 지인들에게 나눔을 하게 되면 얼마나 좋을까. 가끔은 꽃차의 가치를 몰라줄 때면 서운하기도 하지만 굳이 세세하게 설명하지 않는다. 한 송이꽃이 꽃차로 재탄생되기까지는 헤아릴 수 없을 만큼의 손길과 정성이 들어간다는 것을 어찌 설명하겠는가. 다행히 귀하게 여겨 꽃차를 우려 마셔주면 더 바랄 것이 없겠지만 내 욕심일 뿐이다. 빠르고 편한 것, 자극적인 것에 길든 입맛은 쉽게 바뀌지 않는다는 것을 경험으로 잘 알고 있기 때문이다. 나 역시도 처음부터 꽃차가 입맛에 당겼던 것은 아니었으니까 그러려니 한다.

한번이 두 번이 되고, 두 번이 세 번이 되듯 스며들 듯 꽃차의 매력에 빠져들었다. 내게 나눔을 받는 모두가 그러기를 바라지만 그 또한 내 바람일 뿐이다. 날이 좀 더 선선해지고 가을바람에 꽃의 향기가 깊어지면 그 꽃으로 차를 덖으리라. 꼭 '반드시 오고야 말 행복'이라고 꽃말을 써서 지인들에게 선물하리라. 그리고 꽃차를 받은 이들이 나처럼 꽃차에 스며들어 행복해지기를 바랄 것이다.

계절이 주는 풍요

- 무말랭이 차

　제법 매서운 날씨에 온몸이 움츠러들고 감기가 기승이다. 나 역시도 엊그제 몸살감기로 병원을 찾았더니 평소와 다르게 병원이 감기 환자들로 북적였다. 이런 날씨에는 감기에도 효과적인 따끈한 무말랭이 차가 제격이다. 유리 다관에서 노랗게 우러난 차를 따라 마시며 눈발이 날리고 있는 밖의 풍경을 살핀다. 여러 번 덖었는데도 '무' 특유의 향이 남아있다. 그런데도 제법 구수하고 달큼하기까지 하다.

　아마도 시골에서 태어나고 자란 사람들이라면 '무' 하면 떠오르는 추억 한두 가지쯤은 있을 것이다. 그리고 공감하리라. 학교 오가는 길, 남의 밭에서 무 한두 번쯤은 쑥 뽑아서 먹어보지 않았을까. 싱그런 푸른 잎 아래로 뽀얗게 올라오는 새하얀 무를, 풀잎에 대충 문질러 입으로 껍질을 벗겨 가며 먹는 그 달짝지근하고 아삭아삭한 시원함이란 경험해 본 사람은 알리라. 그 맛이 지금의 어떠한 과자보다도 맛이 있었다는 것을. 나도 그랬었다.

어디 그것뿐이랴. 긴긴 겨울 이웃 어른들이 마실 와서 도란도란 이야기를 나누다 "입이 심심한데 무수 구덩이에서 무수 좀 꺼내와 봐유" 하시면, 엄마는 무수 구덩이에 덮여 있는 짚을 걷어내고 구멍에 손을 쓱 밀어 넣어 무를 몇 개 꺼내 오셨다. 그러고는 칼로 껍질을 벗겨 길게 쭉쭉 빼져 놓으셨다. 하나씩 입에 물고 꼭 누군가는 한마디 하셨다. " 방구들 꾸지 말어. 무수 먹고 방구 안 뀌면 산삼 먹은 거보다 좋다니께" 그 말이 얼마나 웃기던지 무우 먹고 방귀를 안 뀌면 그 귀한 산삼 먹은 거만큼 좋을까? 의심하며 정말 방귀를 참아보려 했었다. 지금도 깍두기나 동치미를 담글 때면 그 말이 생각나 무를 베어 물며 피식 웃곤 한다.

무가 지닌 많은 성분을 알기 전까지는 내 의구심은 여전했었다. 그 흔한 무를 두고 우스갯소리로 전해져오는 이야기들이 생활의 지혜란 걸 예전에는 몰랐다. 실제로 무는 비타민C 함량이 높고 섬유소가 많아 채소가 부족했던 시절에는 겨울철 비타민 공급원이 되었다. 또 칼로리는 적고 탄수화물을 분해하는 소화효소인 디아스타아제가 많아 육류를 즐겨 먹는 사람들과 저열량 다이어트 식품을 찾는 사람들이 즐겨 먹으면 득이 되리라.

어디 이것뿐이랴. 무를 말리면 생무일 때보다 비타민C는 5배, 칼슘은 22배, 철분 함량도 48배 높아진다고 한다. 이런 걸 보면 생무일 때도 최고의 채소이지만 무를 말리면 그 안에 있던 각종 영양소가 몇 배에서 수십 배로 늘어나니 겨울철 이보다 저렴하고 좋은 채소가 있을까 싶다.

꽃차를 배우기 전까지는 '무'를 차로 만들게 될 줄은 상상도 하지 못했다. 그런데 무는 꽃으로 차를 덖는 것보다 수월하고 누구나 쉽게 차를 만들 수 있는 장점이 있다. 먼저 무를 생채나물 할 때보다 조금만 더 두툼하게 썰어 햇빛에 적당하게 꾸들꾸들 말린다. 그리고 기름기 없는 팬에 덖음과 식힘을 여러 번 반복해서 노릇노릇해질 때까지 볶아내기만 하면 끝이다. 만약 차를 우릴 때 무 특유의 향이 거슬린다면 '레몬머틀'잎이나 박하잎을 서너 장 함께 넣어 우리면 한결 더 맛이 향기롭고 깊어진다.

무의 꽃말은 "계절이 주는 풍요"라고 한다. 이보다 더 적당하게 어울리는 표현이 있을까. 얼마 전, 잎부터 뿌리까지 버릴 것이 하나도 없는 무를 생산지에서 수확도 하지 못하고 갈아엎었다는 기사를 보며 안타까웠다. 이럴 때 월동 무 몇 개 사다 꾸들꾸들 말려 차로 덖어두면 요즘같이 으슬으슬 날에 우려 마시면 몸도 마음도 한결 가벼워지리라.

더러움에 물들지 않는 연

- 연잎 차

요즘 연꽃을 그리는 중이다. 선이 모여 꽃잎의 여백이 채워지고, 여백을 채운 꽃잎들이 모여 연분홍 꽃 한 송이가 화폭에 피어났다.

이쯤에서 손을 멈춰야 했을까. 청록색 넓은 잎을 색칠하려는데 만만치가 않다. 처음에는 꽃잎처럼 세밀하게 표현하지 않아도 넓고 푸른 잎이라 수월하게 그려 낼 수 있으리라 생각했다. 이번 작품으로 연꽃을 선택한 이유이기도 했다. 잎의 앞면은 진하고 흐르듯 부드럽게, 뒷면은 음영을 넣어 돌출된 잎맥을 세밀하게 표현해야 하는데, 소질도 재능도 없는 나에게는 그야말로 첩첩산중이었다. 색을 칠하고 지우고, 다시 색을 입히고를 반복하며 생각한다. 눈에 보이는 것이 전부가 아니라는 것을, 세상에 쉽게 배우고 익힐 수 있는 일은 없다는 것을.

연잎을 덖을 때도 그랬다. 너무 쉽게 생각하고 시작했다. 여린 꽃으로 차를 덖어야 할 때는 팬의 온도부터 온 신경을 써야 해서 혹시나 꽃잎이 탈까 노심초사하며 덖어야만 했다. 반면 잎이 두꺼운 재료들은 편할 줄 알았다. 언감생심이었다. 꽃잎보다 만지고 다루기는 편하지만, 풋내를 잡지 못하면 제대로 된 차 맛을 낼 수 없어 반드시 살청을 하고 유념을 반복해야 했다.

힘이 들기는 여린 꽃잎이나 두꺼운 잎이나 매한가지였다. 연잎은 호락호락 깊은 맛을 허락하지 않았다. 푸른 연잎을 펼쳐 놓고 바라보고 있으면 짙은 청록색 앞면은 하늘을 담아낼 듯 넓고 푸르다. 잎맥이 도드라진 뒷면은 진흙탕 아래 대지의 기운을 품어 안은 느낌이 든다. 이런 나를 두고 지인은 상상력이 풍부하다고 했다. 하지만 언제 기회가 된다면 연잎을 가만 들여다보시라. 나의 상상력에 공감할 수도 있으리라.

연은 뿌리부터 잎, 꽃과 씨앗까지 하나도 버릴 게 없는 식물이다. 씨앗의 생명력 또한 대단하기로 유명해서 중국에서는 2천 년이 지난 씨앗이 발아된 적이 있다고 한다. 우리나라 함안에서도 7백 년 세월을 건너온 연꽃 씨앗이 발견되어 발아에 성공해 꽃을 피웠다. '아라홍련'이라는 아름다운 이름도 얻었다. 나도 내년에는 함안으로 아라홍련을 만나러 가보리라.

차를 우린다. 오랜 시간을 거슬러 온 연잎은 아니지만 노란색을 머금은 연둣빛으로 우러나는 탕 색은 품위가 느껴진다. 개인적으로 연꽃차보다 연잎 차를 선호해 평소에도 즐겨 마신다. 어느 것 하나 버릴 것 없는 연은, 잎에도 여러 가지 좋은 성분들을 함유하고 있어 건강음료로 가치도 매우 뛰어나다. 커피가 대세인 세상이지만 가끔 자극적인 음료가 아닌 덖은 연잎 차를 음미해 보시라. 처음에는 별로일 수도 있다 생각될 수도 있지만, 한 번 두 번 마시다 보면 입맛을 자극하는 그 어떤 음료보다 입안에 감도는 깊은 향과 맛을 느낄 수 있으리라. 무엇보다 건강에 도움이 되는 차로 지인들에게 추천하고 싶은 차이기도 하다.

바쁘고 빠르게 움직이는 세상이다. 차를 우려 마시는 과정이 다소 불편하고 답답하게 느껴질 수도 있다. 하지만 차를 다관에 넣고 우러나는 시간, 찻잔에 따라 마시며 음미하는 시간이 전혀 아깝지 않으리라. 잠시 기다리는 그 순간이 긴장된 몸과 마음을 풀어주고, 잠깐이라도 평화로움을 느낄 수 있는 귀한 경험이 되어줄 것이다.

차를 마시며 그림을 바라본다. 한 달 만에 색칠이 끝났다. '보타니컬아트'를 시작한 지 몇 개월 되지 않았지만 갈수록 점점 어렵게 느껴진다. 이번 연꽃은 유난히 더디고 어려웠다. 부족함이 많은 그림이지만 연잎 줄기 끝에 '이연'이라고 이름을 적으며, 나는 왜 필명을 '이연'이라 지었는지를 생각한다.

꽃의 마술

- 도라지 꽃차

습하고 무더운 나날들이다. 조금만 움직여도 땀이 흐르고 숨이 턱에 차듯 가쁘다. '피할 수 없으면 즐겨라.'가 평소 소신이기는 해도 올여름 더위는 누구라 할 것 없이 편히 즐길 수 없는 불볕더위다. 휴가 중이다. 휴가라고 해야 도무지 어디 여행 갈 엄두도 나지 않아 쉬어家에서 보내고 있다. 동트기 전에는 풀과 씨름하고, 한낮에는 에어컨을 켜놓고 뒹굴뒹굴하며 휴가를 즐기고 있다.

꽃차(茶)를 함께 배운 지인들이 놀러 왔다. 배운 도둑질은 어쩔 수 없다더니 M 언니가 도라지꽃을 가지고 왔다. 이 무더위에 사흘을 밭을 오르내리며 꽃을 따서 모았다고 한다. 땀을 흘리며 꽃을 채취했을 언니의 마음이 향기롭게 가슴에 닿는다. 오랜만에 이런저런 이야기꽃을 피우며 꽃을 손질했다. 통꽃인 꽃잎을 생김대로 가르고, 꽃술을 제거해 다듬어 놓고 보니 보라색 꽃잎이 아름답다. 손질까지 해주고 돌아간 지인들의 정성이 고마워 덖음을 시작했다. 낮은 온도의 팬에 꽃들을 나란히 올리고 집게로 뒤집어 가며 덖는 일은 시간과의 줄다리기이다.

한 잎, 한 잎 바스러질까 조심조심하며 꽃잎을 다루는 모습은 평소의 내가 아니다. 오랫동안 가게에서 시간에 쫓기듯 일하다 보니 세심하고 조심스럽게 다뤄야 하는 일에는 서투르고 실수를 종종 하기도 한다. 비교적 다루기 쉬운 잎 차는 견딜만했으나 여린 꽃으로 차를 덖을 때는 급한 성미와 거친 손놀림은 도움이 되지 않았다. 꽃차를 배우며 중도에 포기할까 고민했다. 흔들리는 나를 잡아준 차가 도라지 꽃차다.

처음 도라지 꽃차를 유리 다관에 넣고 차우림을 했을 때 그 감동이 지금도 잊히지 않는다.

투명한 유리 다관에 고요한 푸른 바다가 있었다. 보라색 꽃이라 우림 색도 분명 같은 색이라고 기대했다. 하지만 보라색은 어디로 숨어버리고 고요한 푸른 바다가 다관 안에 나타났다. 사파이어 같기도, 터키석 같기도 한, 그 오묘한 빛을 바라보며 자연이 표현하는 색은 도저히 흉내 낼 수가 없다는 것을 인정하게 된다. 한참 넋을 놓고 바라보고 있으면 동해 어느 한적하고 고요한 바닷가 마을에서 바다를 바라보며 서 있는 것만 같다. 어쩌면 내가 평소에도 동해를 너무 좋아해서 일 수도 있겠다. 레몬즙 서너 방울 떨어트린다. 푸른 바다는 내가 언제 푸른색이었냐는 듯 새침하게 자수정 빛깔의 옷으로 갈아입는다. 그렇게 도라지 꽃차의 신비한 마술을 보며 어찌 꽃차 배우기를 포기하겠는가.

도라지의 한약명은 길경이다. 군이 세세히 설명할 필요 없이 도라지가 약재로도, 식재료로도 사람 몸에 여러모로 좋다는 것은 모두 알고 있을 것이다. 특히 기관지나 폐 질환에 효과가 있는 것으로 잘 알려져 있다. 내가 생각하는 도라지의 가장 큰 장점은 꽃차로서 사람들의 눈과 마음을 즐겁게 해주는 것이다.

"먼저 눈으로 즐기고, 향으로 즐기고, 마음으로 즐겨라."

이 얼마나 멋진 꽃차인가. 도라지 꽃차는 차게 마셔도 따듯하게 마셔도 무난하다. 요즘 같은 무더위에는 사이다에 얼음을 띄우고 시원하게 마시는 것도 상쾌하고 본연의 차 맛을 즐기려면 따듯하게 마셔도 향기롭다.

지금부터 눈을 감고 상상을 해보시라. 유리 다관에 도라지 꽃차를 몇 송이 넣고 뜨거운 물을 붓고 잠시 후 눈을 떠 보면 고요한 푸른 바다가 펼쳐지리라. 푸른 바다에 레몬즙 서너 방울도 뿌려보시라. 푸른 바다가 옷을 갈아입는 것을 감상할 수 있으리라. 기회가 되면 꼭 도라지 꽃차를 우려보시라. 누구든지 꽃차 마술사가 될 수 있으리라.

시인이 사랑한 꽃

- 장미꽃 차

아파트 담장에 붉은 덩굴장미가 한창이다. 바야흐로 장미의 계절이다. 농막에도 검붉은 유럽 장미가 화려하고 탐스럽게 자태를 뽐내고 있다. 향기는 얼마나 그윽하고 향기로운지 꽃들의 여왕답다. 요즘에는 색깔도 다양하고 품종 또한 수를 헤아리기 어려울 만큼 많다. 간혹 색색의 장미를 담장에 올려 키우는 집들도 있어 오고 가는 사람들의 눈과 마음을 즐겁게 해주기도 한다.

활짝 피어 있는 장미를 보면 제일 먼저 떠오르는 이름이 있다. 언어의 연금술사라 불리는 시인 '라이너 마리아 릴케'다. 장미 가시에 찔려 유명을 달리했다는 이야기를 국어 선생님에게서 처음 들었을 때부터였다. 의학적 지식도, 상식도, 요즘처럼 인터넷매체가 발달한 시대도 아니었기에 그 말을 곧이곧대로 믿었다. 어떠한 부연설명도 없이 "릴케는 사랑하는 사람을 위해 장미 꺾다가 가시에 찔려 죽었다. 정말 낭만적이고 멋지지 않니?"라는 선생님의 물음에 여기저기서 "네"라는 대답이 터져 나왔다. 그때 이후로 해마다 장미 꽃만 보면 사람이 장미 가시에 찔려도 죽을 수 있다고 생각하며 릴 케를 떠올렸다. 덕분에 나의 사춘기 시절은 릴케의 시와 함께 보낼 수 있었다.

붉은 장미꽃잎을 한 잎 한 잎 떼어낸다. 얼마 전, 차로 덖기 위해 주문해서 받아 놓은 식용 장미다. 차로 덖을 꽃은 반드시 청정 지역 에서 친환경으로 기른 꽃이어야 한다. 그래야 차로 우려 마셔도 탈 이 없다. 선홍빛 꽃잎이 뜨거운 팬에서 서서히 검붉은 빛으로 변해 간다. 집게로 조심스럽게 한 장 한 장 뒤집어 주며 온도와 시간과의 줄다리기한다. 향기가 거실 가득 퍼진다. 장미는 생화일 때도 좋지 만 차로 덖어놓아도 향기가 보존된다. 얼마나 시간이 흘렀을까. 설 명할 수 없는 오묘한 검붉은 빛으로 차가 만들어졌다.

이제 확인을 할 차례다. 차를 덖을 때마다 마지막 과정은 내가 덖은 차를 우려보고 마셔보는 일이다. 유리 다관에 꽃잎을 넣고 뜨 거운 물을 부었다. 잠시 후 눈을 감고 향기를 음미한 후, 한 모금 마셔본다. 맛과 향이 그윽하다. 긴 시간 노력이 헛되지 않은 것 같아 다행이다.

덖음이 끝난 차를 처음 우릴 때 탕 색을 살피고, 향과 맛을 음미하 는 일이 제일 긴장되고 행복한 시간이다. 맛과 향이 그윽한 장미는 꽃도 아름답지만, 꽃차의 효능도 다양하다. 특히 에스트로젠, 비타 민A, 비타민C도 풍부하며 우울증 치료에도 효과가 있어 마음의 감기를 앓는 사람들에게 권하고 싶은 차이기도 하다.

차를 마시며 릴케의 시를 읊조려 보려 하지만 기억이 가물거린다. 활짝 피어 있는 장미를 볼 때마다 '라이너 마리아 릴케'를 떠올리지만, 그의 시는 오랫동안 잊고 살았다. 시집을 서재에서 살펴보지만 찾을 수가 없다.

요즘이 어떤 세상인가. 인터넷에 '릴케'라고 검색했더니 그의 전생애와 그의 주옥같은 시들이 펼쳐진다. 내가 좋아했던 '인생을 이해하려 해서는 안 된다'와 '넓어지는 원'도 펼쳐졌다. 다시 사춘기 시절 학교 교실로 돌아간 것 같다. 함께 "네"라고 외치던 그 친구들도 나처럼 장미를 볼 때마다 릴케를 떠올리며 살았을까. 어쩌면 아닐지도 모른다. 막연히 작가가 되겠노라 꿈을 꾸던 내게 장미 가시에 찔린 릴케의 죽음에 얽힌 이야기는 극적 요소가 다분해서 오래기억되는 것이리라.

장미여, 오 순수한 모순이여/ 그토록 많은 눈꺼풀 아래/ 누구의 것도 아닌 잠이고픈 마음이여.

내 사춘기 시절을 풍요롭게 해준 위대한 시인 '라이너 마리아 릴케'의 묘비명 앞에 향기로운 꽃차를 한 잔 가득 따르고 붉은 장미한 잎 띄운다.

가을맞이

여름의 뒷자락이 희미하다. 이미 가을은 당신 곁에 와 있노라 바람이 선들선들 속삭인다. 올해는 작은딸이 가을의 빗장을 열어주었다. 하늘이 높아지고, 얼굴을 비벼대는 바람이 소슬하게 느껴지기 시작하면, 내 몸의 모든 감각기관은 가을을 맞이해야 한다고 속살거린다. 어찌 된 일인지 그 속살거림은 한 해 한해 나이를 먹어 갈수록 간절해지고 있다.

나의 가을맞이는 가족들에게 국화 타령을 하는 것으로 시작된다. 처음에는 남편에게 바람이 달라졌다고, 하늘이 너무 청명하다고, 국화꽃 향기가 그립다고 호들갑을 떠는 것으로 신호를 보낸다. 반응은 언제나 시큰둥하다. 그러면 노골적으로 귀에 딱지가 앉도록 국화 타령을 하고 또 한다. 이미 그 지경이면 남편에게는 포기 상태가 되어버려 타령은 두 딸에게 옮겨 간다. 올해도 그렇게 해서 작은아이가 노란 국화 한 다발로 가을로 가는 빗장을 열어주었다.

오지 약탕관을 꺼내 놓았다. 몇 해 전, 지인의 집에 놀러 가서 얻어온 나이배기 물건이다. 몸에 실금이 가서 사용 불가 판정을 받고 마당 구석에 방치된 채로 있었다. 담벼락 그늘진 구석, 흙 속에 반쯤 묻혀 있는 것이 안타까워 지인의 허락을 받아 집으로 가져왔다. 묵은 때를 깨끗이 닦아주고 바라보니 예스러운 향기가 배어나 제법 멋지고 운치가 있다.

약탕관은 오랜 시간 쓰디쓴 온갖 약재를 품고 뜨거운 불에 온몸을 헌신했을 터였다. 세월이 흐르고 세상이 변하여 더는 쓰임새가 사라지자, 주인의 기억에서조차 잊히고 버려진 것이다.

흙 속에서 약탕관을 파내 품에 안고 오면서 우리 집에서는 그동안의 노고를 대접해 주겠다고 마음먹었다. 그러나 그 대접이란 것이 별것도 아니다. 해마다 가을이면 국화 한 다발을 안기는 것이요, 시시때때로 약탕관이 아닌 화병으로 제 몫을 하게 하는 일이다. 가끔 뿌리 내릴 식물이 있으면 그 품을 신세 지기도 하는데 신기하게도 다른 곳에 뿌리를 내릴 때보다 실하고 빠르게 내렸다. 본래 제 본분이 생명을 살리는 일에 도움을 주는 존재였음을 확인시켜주는 듯해서 경이롭다.

올해도 딸에게 받은 국화 다발을 약탕관 너른 품에 맡겼다. 그리고 나만의 방법으로 가을맞이 채비를 시작한다.

눈을 감는다. 온몸의 모든 감각기관을 열어 바람이 전하는 속살거림을 듣는다. 바람은 새 생명을 잉태한 열매들을 갈무리하고 있을 들녘의 풍경을 전해준다. 너의 고향 뒷동산에는 올해도 토실토실한

알밤과 도토리 열매들이 풍년이며, 바람결에 후드득후드득 떨어지는 도토리를 줍는 사람들의 발길과 겨울 채비 하는 다람쥐들이 분주하다고 속삭인다. 어디 그뿐이랴. 꽃 몽우리 앙증맞은 들국화는 계절을 품은 향기로 밭 언덕에서 한들거리고 있다며 어서 들녘으로 나가보라 재촉한다.

이쯤 되면 내 영혼은 바람을 따라 이미 문밖을 나서 고향 들녘 너른 품속에 서 있다. 참나무 아래로 발길을 옮긴다. 사람들과 다람쥐들에게 내어주고 남아있는 도토리들 위로 햇살이 잘게 부서진다. 낮은 둔덕에는 노란 들국화가 바람에 살랑이며 숲속에 향기를 흩날리고 있다.

반짝이는 도토리 한 톨과, 들국화 한 가지를 꺾어 들었다. 도토리를 주워 모을 욕심이 있는 것도 아니요, 국화를 한 아름 꺾어 집안을 향기로 채우려는 것도 아니다. 다만 계절 내내 생명을 잉태한 나무들의 수고로움을 바라보며 느끼고 싶어질 뿐이다. 단 한 톨의 도토리 열매라도 혼자 저절로 열리고 익은 것이 아니고, 국화꽃 한 송이도 홀로 저절로 피어난 것이 아니란 걸 너무도 잘 알기에 그동안 수고했다고, 이제는 편안하게 대지의 품에서 쉬라고 위로를 전한다.

국화 향기를 가득 품은 산들바람이 얼굴을 어루만져 눈을 뜨고 정신을 차린다. 약탕관에 담겨 있는 국화가 바람에 살랑거린다. 약탕관은 오랜 세월 제소임을 다해서 여한이 없다는 듯 국화를 품고 있는 모습이 여유롭고 평화롭게 보인다. 어쩐지 대지의 품에 안긴 도토리와 낮은 둔덕에 하늘거리는 들국화와 닮아있는 듯하다. 그 한가로운 평화로움이 부러워 작년에 덖어놓은 국화꽃 몇 송이를 유리 다관에 넣는다. 뜨거운 물을 부어 꽃이 피어나기를 기다린다. 오므려 있던 꽃잎이 서서히 본연의 색을 드러내며 노랗게 피어난다. 향기로운 차를 입안 가득 머금고 올가을 국화 타령에 마침표를 찍는다.

해마다 반복되는 나의 가을맞이 국화 타령은 어쩌면 생명을 잉태하고 갈무리하는 계절 가을에 대한 경배이며 헌화일지도 모르겠다.

평화롭고 고요하다. 아! 가을이다.

거꾸로 바오밥나무

당황스럽다. 그동안 상상하며 그려보던 모습이 아니다. TV에서 보았을 때나 사진으로 보았을 때도 나무는 저리 평범해 보이지 않았다. 무슨 착오가 있는 게 아닐까. 텔레비전 화면에서 나무의 실체를 보던 날, 지금도 그 느낌이 잊히지 않는다. 어마어마한 크기로 하늘로 치솟은 나무, 여러 사람이 손을 잡아 안을 수 있는 둘레, 거기에 하늘을 향해 자라는 뿌리, 누군가의 설명이 없었다면 아마도 나는 거꾸로 자라는 나무라고 믿었을 터였다.

내가 나무를 처음 알게 된 것은 사춘기 무렵으로 생텍쥐페리의 소설 '어린 왕자'를 읽게 되면서였다. 세 그루의 나무가 엄청난 뿌리로 어린 왕자가 살고 있는 소행성 B – 612호를 칭칭 감고 있었다. 삽화를 볼 때만 해도 엄청난 크기로 자라는 나무일 거라고만 추측했다. 그때 정작 내 머릿속에 저장된 것은 나무의 모양새가 아니라 '바오밥'이라는 이름이었다.

'바오밥나무'라니, 이 얼마나 멋지고 신비한 이름인가. 사춘기 소녀의 감성이었을까. 생경한 나무 이름이 특별하게 느껴져 훗날 어른이 되면 나무를 만나러 여행을 가리라 꿈을 꾸었다.

까마득하게 잊고 있었던 나무를 자연다큐로 다시 보던 날, 이번에는 나무의 이름이 아닌 생김새에 놀랐다. 어린 왕자의 별 소행성 B-612호에서 지구로 날아와 뿌리와 줄기가 거꾸로 박힌 듯한 나무 모양새는 바라볼수록 기이했다. 신이 실수로 나무를 거꾸로 심었다는 이야기가 전해져 온다더니 그럴 만도 하겠다는 생각이 절로 들었다. 실제로 나무를 보고 싶은 마음이 간절했지만, 아프리카에 여행 갈 처지도 못 되는지라 인터넷에 떠도는 특별하고 신비한 사진들로 만족해야만 했다.

세종 수목원에 '바오밥나무'가 있다고 했다. 아프리카로 여행을 가지 않아도 나무를 직접 볼 수 있다니 얼마나 설레었겠는가. 그런데 온실 어디에도 뿌리를 거꾸로 한 듯한 모습의 나무는 보이지 않았다. 고개를 갸웃거리며 식물원을 한 바퀴 돌아봐도 내가 기억하고 있던 나무는 보이질 않았다. 평범한 나무 앞에 '바오밥나무'라고 이름표가 있었는데 설마 했다. 나무 이름을 잘못 표기해 놓은 것으로 생각하고 그냥 지나쳤었다.

다시 그 나무 앞으로 돌아갔다. 알림판에는 '특별한 수형을 자랑하는 바오밥나무'라고 텔레비전에서 보았던 거대한 나무의 사진과 함께 설명되어 있었다. 그 나무는 내가 그토록 간절하게 보고 싶어 하던 '바오밥나무'가 분명했다. 나무의 모습을 보며 당황한 사람이

나 말고도 더러 있었나 보다. 사진을 함께 붙여놓고 설명해 놓은 것이 나 같은 사람을 배려한 듯해서 웃음이 나왔다.

그래도 명색이 바오밥나무 아니던가. 아쉬움에 나무를 바라보고, 또 바라보니 제법 굵은 몸통과 우듬지에 매달린 누런 잎들이 눈에 들어왔다. 사계절 따듯한 온실에서 살아 잎이 푸르고 싱그러울 법도 한데 밖의 계절이 겨울인 줄 아는 걸까. 아니면 머나먼 고향을 떠난 그리움에 생기를 잃은 건지도 모르겠다. 텔레비전 화면을 통해, 아니면 인터넷에 올라와 있는 나무 사진들을 찾아보며 눈으로 익힌 내가, 나무에 대해서 알고 있는 것이 없었다. 무엇보다 처음부터 사진의 모양새처럼 우뚝 땅에서 솟아날 리 없지 않겠는가. 사진처럼 거대하고 특별한 수형을 자랑할 때까지는 수십 년, 아니 수백, 수천 년을 한자리에 움직이지 못하고 인고의 세월을 살아낸 흔적이었음을 미처 헤아리지 못했다.

얼마 전 여행 예능 프로그램을 보고 있었다. 마다가스카르였다.

그리도 보고 싶어 했던 독특한 생김새의 나무가 숲을 이루고 있었다. 수목원에서 아쉬웠던 마음이 떠올라 휴대전화로 텔레비전 화면에 나오는 나무를 열심히 찍었다. 나무의 특별하고 신비한 생김새는 수백, 수천 년을 척박한 환경에 살아남기 위한 투쟁이었다. 나는 어리석게도 그 인고의 세월을 가늠하지 못했다. 평생을 같은 자리에 뿌리를 내리고 살아내며 환경에 적응하고 주변의 모든 것들과 더불어 살아가는 나무들의 의연함을 바라볼 때마다 작아지는 나를 만난다. 어쩌면 겉으로 보이는 모습에만 가치를 두고 있어서는 아닐까.

세종식물원에서 일도 그렇다. 나무를 보며 당황하고 실망했을 때도 '거꾸로 바오밥나무'의 겉모습만 보고 상상을 한 결과였다. 내가 그토록 보기를 갈망했던 그 '바오밥나무'도 씨앗일 때도, 새싹일 때도, 어린나무일 때도 있었음을 생각하지 못했다. 다시 나무를 만나러 식물원에 가야겠다. 처음부터 알아보지 못하고 외면했던 것은 어리석은 마음 때문이었다고 용서를 빌며 다시 꿈을 꾸리라.

향기를 가두면 벌어지는 일

꿈결에 아릿하고 생경한 향기에 취했었던가. 거실로 나서니 향기가 진동한다. 꿈이 아니었다. 이상하여 둘러보니 거실 한 귀퉁이를 차지하고 있는 행운목이 생전 처음 본 낯선 꽃망울을 가득 매달고 있는 게 아닌가.

이게 정녕 말로만 듣던 행운목의 꽃, 갑자기 분주해진다. 아이들을 깨우고 아직 한밤중인 남편도 흔들어 깨워 기어이 나무 앞에 세워 놓는다. 두 딸과 남편은 이른 아침부터 웬 호들갑이냐고 마땅치 않은 눈빛이지만 생전 처음 보는 꽃을 함께 보며 감동을 나누고 싶었다.

행운목이 우리 집에 터를 잡은 지가 어림잡아 십여 년이 넘는다. 어느 추운 겨울, 가지가 꺾여 길가에 버려져 있는 것을 가져와 뿌리를 내려 심었다. 그런 녀석이 보답이라도 하듯 무럭무럭 자랐다. 시원하게 거침없이 쭉 뻗은 초록 잎은 보기에도 좋았다. 하지만 이렇게 꽃을 선물 받을 거라고는 생각지도 못한 뜻밖의 일이다. 가족들에게는 어떨지 몰라도 나에게만은 행운목이란 이름값을 톡톡히 뽐내고 있는 셈이다.

행운목은 열대지방이 고향인 식물로 우리나라에서는 꽃이 잘 피지 않는다고 했다. 그 귀한 꽃이 우리 집 거실에서 꽃을 피워준 것만으로도 행운을 한가득 받은 기분이다. 불쑥불쑥 행운이 찾아올 것 같은 날들이 며칠간 이어지더니 일이 벌어졌다. 늦은 귀가 시간 현관문을 열 때나, 아침 일찍 일어나 거실에 나설 때는 넘쳐나는 향기 폭탄에 한바탕 야단법석을 치른다.

넘치면 부족함보다 못하다 했던가. 꽃의 향기가 온 집안에 진동하니 견딜 수 없는 지경에 이르렀다. 가족들 모두 아침 일찍 나가, 오밤중에나 들어오니 문 닫힌 집안에 향기가 가득 차는 것은 당연하다. 그래도 설마 꽃향기에 머리가 아플 지경이 될 줄은 예상치 못한 일이다. 한겨울이라 창문을 열어 놓고 나갈 수도 없는 일, 아침과 저녁 두어 차례 문이란 문은 다 열고 환기를 시키는 일이 일과가 되었다. 향기를 밖으로 내보내고 나면 행운목의 향기는 그때서야 견딜 만해졌다.

꽃을 처음 마주하던 날, 작은 진주를 닮은 꽃송이를 주렁주렁 매달고 있기에 참 희한하게 생긴 꽃도 있구나 싶었다. 시간이 흐를수록 앙다문 꽃망울을 터트려 꽃을 피우는데 그 모습이 별을 닮았다. 꽃망울은 미리 순서를 정해놓은 듯, 날마다 숫자를 늘려가며 인사를 했다. 꽃의 숫자가 늘어갈 때마다 별의 숫자도 늘어가고, 나중에는 흡사 하늘의 은하수가 내려앉은 듯했다. 꽃은 사람의 눈길을 피해 밤중에 피어났다. 매일 늦은 밤이 돼서야 집으로 돌아오는 우리 가족에게 향기 폭탄을 날리는 행운목은 더는 행운을 주는 꽃이 아니었다.

아침저녁으로 꽃이 쏟아낸 향기의 반란에 한바탕 소란을 피우는 일이 계속되자 남편과 아이들 입에서 볼멘소리가 터져 나오기 시작했다. 머리가 지끈거리고 정신이 몽롱해 기절할 것 같단다. 끝내는 아직 피우지 못한 가지들을 잘라버리자는 쪽으로 의견을 모아 나에게 눈치를 준다. "행운목은 이 꽃을 피우려고 십 년이 넘는 긴 시간을 기다렸어." 사람이 그깟 며칠도 못 참아 주냐며 소리를 지르고 말았다. 서슬 파란 내 목소리에 움찔 놀라면서도 다행히 모두 수긍하는 눈치다. 종일 창문을 조금 열어 놓기로 하고 썰렁한 분위기를 갈무리한다.

큰소리는 쳤지만 나 역시도 넘치는 향기로 하여 머리가 지끈거리는 것을 애써 참고 있었던 터였다. 아마도 내 그런 마음을 들킬세라 괜한 목청을 돋워 소리를 질렀나 싶어 미안한 마음에 애꿎은 창문만 소리 나게 열어젖힌다. 나도 가족들도 행운목의 애쓴 시간을 품어 주기로 갈음하고 나니 행운목을 바라보는 마음이 한결 편하다.

처음 한 송이 한 송이 꽃이 필 때는 향기도 은은하여 바라보는 즐거움에 마음까지도 평안하게 해줘 이름값을 제법 하는 듯했다. 꽃이 만발하고 쌀쌀한 날씨 탓에 문을 열어 놓지 못하고, 향기를 집안에 가두고 넘치도록 내버려 두니 향기는 더는 사람을 기쁘게 하는 향기로운 꽃이 아니었다. 아무리 좋은 향기를 지녔던들 가두어 두니 향기의 의미가 없어진 것이다. 우리네 사는 세상살이도 마찬가지일 것이다. 곳간 가득 재물을 쌓아놓고도 나눔에 인색하다면, 결국엔 넘치는 욕심으로 하여 재물보다 더 귀한 것을 잃게 되리라.

살아가면서 누군가에게는 욕심으로 찌든 인색한 사람이 아닌, 향기로운 사람으로 기억되기를 감히 바라며 향기를 날리는 행운목을 바라보며 창문을 연다.

월궁전을 바라보며

벼르던 선인장 분갈이를 시작한다. 철옹성이다. 날카로운 가시로 장벽을 세우고 거부의 몸짓이 완강하다. 잠시 집게를 쥐고 있던 손이 머뭇거린다. 방심하면 내 손을 가시밭으로 내어 줄 게 뻔하다. 장갑을 끼고 신문지를 둘둘 구겨 둥글게 말아 보호막을 만든다. 조심스럽게 선인장을 들어 올려 새 화분에 옮겨 분갈이를 마치며 한숨을 돌린다. 더 좋은 환경으로 옮겨 주기가 이렇게 힘이 들어서야 어디 선인장을 키울 수 있을까 투덜대며 선인장을 살펴본다.

둥글둥글한 모습이 보면 볼수록 달을 닮았다. 방사상 모양으로 이루어진 가시 배열은 일부러 자를 대고 선을 그어 열을 맞추기라도 한 듯 바라볼수록 탄성이 절로 나온다. 예전에는 미처 깨닫지 못한 선인장의 신비로운 매력이다. 자세히 살펴보면 깃털 같은 솜털이 날카로운 가시를 감싸 안 듯 보듬고 있다. 그 사이로 선홍빛이 감도는 꽃눈이 세상 구경을 하려는 듯 삐죽 고개를 내밀었다. 꽃대를 밀어 올리는 게 분명해 보이는데 어떤 모습을 보여줄지 설렌다.

예전에는 가시가 빼곡한 선인장을 그다지 좋아하지 않았다. 날카로운 가시가 마치 사람의 손길을 거부하는 오만함으로 보였다. 무엇보다 꽃을 피워 올리기까지 긴 시간 기다림이 조급한 내 성미에 맞질 않았다. 어디 그뿐인가. 기다림 끝에 피워 올린 꽃을 즐겨볼까 한껏 분위기를 잡으면 화사한 꽃은 고개를 폭 숙이고 시들어 버리기 일쑤였다. 기다림에 비해 몰락은 어찌 그리 허망한지, 선인장 때문에 무언가를 잃어버린 듯 느껴야 하는 허탈감이 싫었다.

오늘 분갈이를 한 선인장은 달을 닮은 모양새에 반해서 덥석 집어 온 아이다. 이름도 월궁전이라고 하지 않던가. '달의 궁전' 얼마나 멋진 이름인가. 덩달아 선인장 꽃말도 궁금해 찾아봤다. 불타는 마음, 정열, 무장이란다. 내가 선인장을 보며 떠올린 생각과 비슷비슷한 생각들을 하게 되나 보다. 피식 웃는다. 하기야 불타는 마음과 정열이 없으면 온통 가시로 무장한 철옹성을 어찌 뚫고 꽃을 피울 수 있으랴. 불타는 마음을 이제야 세상 밖으로 내민 선홍빛 꽃눈이 기특해서 나는 또 웃는다.

앞만 바라보며 허둥지둥 살아온 날들이었다. 뒤도 돌아볼 여유 없이 바쁘게 살 다 보니 감성이 무뎌져 갔다. 무뎌져 가는 감성만큼 성격도 둥글둥글해졌으면 좋았으련만 선인장처럼 온몸에 가시를 하나하나 촘촘하게 세우며 살았다. 가슴에는 늘 바람이 일었다. 그럴 때마다 습관처럼 꽃차를 우려 베란다 정원에 앉았다. 정원이라고 해봐야 여러 종류의 식물들을 늘어놓은 수준이지만 일탈을 시도하다 일상으로 돌아올 때면 식물들을 바라보며 주절거리며 마음을 추슬렀다. 화초들이 사람의 말을 할 수 있었다면 변덕스럽고 제멋대로인 수다쟁이 아줌마라고 흉을 보았으리라. 어쩌면 감당하기 힘든 불청객이라고 면박을 받았을지도 모른다.

어느새 다관 안에는 계절을 초월한 국화꽃이 만발이다. 달을 닮은 선인장과 뜨거운 물에 담겨 다시 피어난 국화의 오묘한 만남으로 단조로운 베란다에도 생기가 돈다. 녀석이 가시로 온몸에 장벽을 만든 이유를 헤아려본다. 뜨거운 사막이 고향인 녀석이다. 무성한 잎으로는 작열하는 태양의 열기를 감내하기 힘들었을 터, 선인장의 가시는 사막의 뜨거운 태양 아래 스스로 살아남기 위한 몸부림이었을 것이다.

비어 있는 잔에 차를 따랐다. 눈으로 국화의 환생을 즐겼으니 이번에는 코끝으로 향기를 즐길 차례다. 목을 타고 넘어가는 알싸하면서도 향기로운 기운이 온몸으로 흐른다.

눈을 감는다. 가시투성이인 선인장이 죽비가 되어 어깨를 두드린다. 선인장의 가시는 세상과 공존하며 살아가기 위해 꼭 필요한 진화였지만 내 마음에 두른 가시는 나를 채우지 못한 욕심으로 만들었다. 온몸에 쓸모도 없는 가시로 장벽을 만들어 그 가시는 때로는 다른 이들을 찌르며 상처를 입히기도 했을 것이고, 나 자신도 찔리며 아파했다. 그것이 자존감 인양 온갖 체를 하며 살아왔으니, 이 나이가 되도록 공염불만 했다.

가시 사이로 내민 꽃눈을 바라본다. 어서 꽃이 활짝 피어나기를 바라며 두 손을 모은다. 꽃이 피어나는 날, 인고의 세월을 감내한 월궁전 앞에서 내 마음에 두른 가시 장막도 걷어내 보리라. 따스한 봄 햇살에, 가을 국화 향기가 그윽하게 어우러지니 지금이 봄이런가. 아니면 가을이런가. 아무럼은 어떠하랴. 이미 내 안에 두 계절이 스며들었는데.

3

텃밭 일기

호미를 들고 콩밭에 앉았다. 올해 서리태는 아무래도 사람들의 밥상보다는 새들의　배를 먼저 불려준 것 같다. 듬성듬성 자리가 훤하다. 밤사이 내린 비가 흙을 부드럽게 해준 덕에 풀 뽑기가 한결 수월하다. 두어 시간 남짓, 잡초와 전쟁하다 보니 등이 후끈후끈하다. 어느새 동쪽 산등성이 너머로 해가 떠올라 몸을 붉게 달구고 있다. 매번 호미를 들고 밭에 앉으면 제초제의 유혹에 흔들리며 잡초와 씨름을 한다. 오늘도 잡초와의 씨름은 나의 판정승으로 끝이 났다.

- 본문 중에서

쉬어家로 가는 길

　오랜만에 단비가 내리고 있다. 대지를 촉촉하게 적시는 비를 바라보며 마음은 온통 괴산 밭으로 달음박질치고 있다. 언덕에 방풍림으로 심은 어린 편백들은 돌 틈을 비집고 뿌리를 잘 내리고 있을까. 밭 가장자리에 한 줄로 심어놓은 수수꽃다리 열다섯 그루는 며칠 사이 얼마나 자라있을까. 바위틈 사이에 영산홍들은 무탈한지 혹시 지난번처럼 누군가의 손에 뽑혀 간 것은 아닐지 걱정도 되었다. 온종일 꽃모종과 나무들의 안위가 궁금해 일은 뒷전이고 비 내리는 창밖으로만 눈길이 향한다.

　요즘 들어, 나는 헤실헤실 웃으며 곧잘 콧노래를 부른다. 힘들게 일하다가도, 일을 멈추고 찾아가 쉴 곳이 있다는 것이 좋아서 벙글거리고, 그곳에 심어놓은 나무들이 손톱만 한 새싹을 밀어 올리는 모습에 심장이 콩닥거린다. 또 돋아난 새싹이 내일은 얼마나 자라있을지 상상하며 히죽히죽 웃는다. 어디 그뿐이랴. 며칠 전에는 새 땅에 뿌리를 내리고 적응도 채 하기 전에 꽃을 피워낸 라일락 나무가 기특해 비슷한 사진을 수없이 찍어댔다. 그런 내 모습이 멋쩍어서 또 헤실거린다.

몇 년 전 일이다. 남편과 선유도로 여행을 떠났다. 늘 하던 대로 자전거를 타며 섬을 구석구석 돌아보고 변산 쪽으로 발길을 돌리려는데 세차게 쏟아지는 빗줄기가 발길을 막았다. 비가 잦아들 때까지 길을 멈추고 잠시 쉬어가기로 했다. 자동차 지붕 위로 떨어지는 빗소리를 들으며 이런저런 이야기를 나누던 중 땅 이야기를 하게 되었다.

땅은 우리 부부의 오랜 소망이었다. 작은 평수라도 좋으니 언젠가 여력이 되면 땅을 사서 멋진 집도 짓고, 예쁜 정원도 가꾸며 노후를 멋지게 살아가자고 약속했다. 빗소리를 들으며 혹시나 우리가 찾는 저렴한 곳이 있을까 인터넷부동산에 매물로 나와 있는 땅을 찾아보았다. 그러다 발견한 곳이 지금 괴산에 있는 밭이었다. 여행지에서 돌아오며 집보다 먼저 가본 곳이다.

처음 마주한 땅의 모습은 실망스러웠다. 잡목과 억새가 우거진 낮은 야산의 풍경이 당황스러워 선뜻 마음이 내키지 않았다. 갈등하며 주저하던 찰나, 시원한 바람이 우리 부부를 감싸 안듯 불어왔다. 비 온 뒤끝의 바람이어서, 아니면 우리 땅이 되려고 그랬을까. 바람이 싱그럽고 기분 좋게 느껴졌다. 싱그러운 바람의 결과 막힌 곳 없이 시원하게 트인 언덕이 망설이던 마음을 열어주었다.

남편이 달라졌다. 온몸에 활력이 넘치고 얼굴에 생기가 돌았다. 틈만 나면 도화지에다 그동안 상상만 했던 집들의 모습을 설계하며,

짓고 허물기를 반복했다. 지금까지 남편이 짓고 허문 집이 수천 채는 족히 넘으리라. 아직도 짓고 허무는 작업은 여전히 진행 중이다. 요즘에는 농막에 다락을 설치하고 테라스를 놓는 문제로 골머리를 앓고 있다.

남편과 달리 나는 정원을 가꿀 생각에 마음이 두근거리고 온몸이 들썩였다. 먼저 나무를 심을 장소 정하고 수종 선택을 위해 인터넷을 검색하며 정보를 수집했다. 날마다 꽃과 나무들을 설명해 놓은 책들을 들여다보며 정원의 꽃 지도를 그리느라 분주했다. 꽃 지도를 설계하며 내 손에 심어졌다 옮겨지고 뽑히는 나무와 꽃들도 남편이 허문 집 숫자 정도는 족히 되리라.

그러나 집을 짓고 정원을 가꾸는 일은 시작하기 전부터 어려움의 연속이었다. 임야라 형질변경은 당연하다 생각했지만 복잡한 절차를 걸쳐 변경 신청을 한 후에도 산 넘어서 산이었다. 임야인 곳에 터를 다지는 일도, 언덕배기에 옹벽을 쌓는 일도 수월하지 않았다. 무엇보다 비용지출이 많아 걱정도 태산이었다. 애초에 평평한 밭이나 대지를 샀으면 이런 고생은 안 해도 되었을 거라는 주변 사람들의 무언의 눈치에도 "우리는 바람에 홀렸던 거야"라며 걱정은 잠시 접어두고 너털웃음을 터트렸다.

땅 등기부 등본이 나오던 날, 남편은 농막을 짓거나 집을 지으면 이름을 짓자고 했다. 그러더니 집 설계하듯 날마다 이런저런 이름을 지어 붙이고는 한동안 나를 성가시게 했다. 어느 날 "여보. 쉬어

家는 어때?" 한다. 누구나 와서 편하게 쉬어가기를 바라는 마음이란다. 나도 같은 마음이었다. 어쩌면 남편은 여러 가지 이름을 생각하면서 사람이 사는 집에 사람이 자연스럽게 드나드는 집을 구상했을 터였다. 그동안 앞만 보며 치열하게 살아온 남편도 편하게 쉴 공간을 많이 그리워했다. 더불어 두 딸이 결혼해서 아이들을 데리고 오면 마음껏 뛰어놀고 편하게 쉬었다 갈 수 있는 고향 같은 곳을 만들어주고 싶은 마음도 한몫 거들었다.

쉬어家는 남편과 나의 오랜 꿈이었다. 그 꿈을 이루기 위해 우리에게 주어진 고단한 삶을 거부하지도, 포기하지 않고 최선을 다해 살아냈다. 어쩌면 세상을 살아가는 사람 대부분도 우리와 비슷한 소망을 품고 꿈꾸며 살아가고 있을지도 모를 일이다. 하루하루를 치열하게 살아내며 숨이 가쁘고 힘에 겨워 주저앉고 싶은 날도 있으리라. 우리도 별반 다르지 않았다. 내 인생은 왜 이렇게 굴곡이 많을까. 가슴 한구석에 속울음을 켜켜이 쌓아 올리며 살아냈다. 이제는 남편도 나도 어렴풋이 알고 있다. 그때 그 속울음이 쉬어가의 주춧돌이 되어 주었다는 것을.

쉬어家가 지어지고 나무들과 꽃들이 피어나면 누구든 언제든 놀러 오시라. 쉬어家에 들거든 부디 아무 생각도 하지 마시라. 그저 편하게 쉬어 가시라. 그리하면 가시는 길, 빈손으로는 보내지 않으리라. 텃밭에서 갓 뜯은 푸성귀 한 봉지와 꽃 한 송이 꼭 들려 보내리라.

텃밭 일기(1)

- 어이구, 등신

괴산 장날이다. 보통 때였다면 두리번거리며 눈요기도 하고 이것 저것 가격도 물어가며 장바닥을 활보하고 다녔을 것이다. 하지만 오늘은 곧장 모종을 팔고 있는 곳으로 향했다. 이른 시간인데도 장 마당에는 수많은 종류의 모종들이 가득 늘어져 있었다.

요즘에는 시골 농부들도 아예 모종을 사다 심는다고 하더니, 고르는 솜씨도 예사가 아닌 듯 품종을 묻고 수확량을 따져가며 흥정하고 있다.

그 모습을 보며 농막에서 각종 채소 이름을 읊어 남편에게 으스대던 자신감은 어디론가 사라지고, 눈길은 흥정하는 농부의 뒷모습을 따라다니다 이내 풀이 죽는다.

모종을 달라는 소리는 입도 떼지 못하고 우물쭈물 눈치만 보고 있는데 "어떤 모종 드릴까유?" 묻는 주인아저씨의 정겨운 사투리가 왜 그리 반갑던지, 기회는 이때다 싶어 생각하고 있던 것들을 쏜살

같이 말했다. "그러다 숨넘어 가겠슈" 하며 씩 웃더니 검은 포토에 심어진 모종들을 용케도 주문 숫자대로 싹둑싹둑 잘라 검은 봉지에 담아준다.

봉지를 챙겨 들고 일어서니 길 건너 나무 노점에서 꽃들이 바람에 살랑거리며 손짓한다.

참새가 방앗간을 어찌 그냥 지나치랴. 이름도 아리송한 채소 모종 앞에서 주눅 들었던 마음이 활짝 펴지며 시간이 멈춘다. 장터 사람들의 왁자한 소리도 들리지 않는다. 손에 들고 있던 모종은 까마득히 잊어버리고 이 꽃 저 꽃에 눈길을 주며 수다를 떨다가 활짝 핀 '위실 나무' 꽃향기에 무아지경이 된다.

휴대전화 소리가 나를 왁자지껄한 장터로 되돌려 놓는다. 역시 나는 농부는 못되려나 보다.

서둘러 농막으로 돌아와 텃밭에 토마토와 가지를 심는 간격을 두고 남편과 옥신각신한다. 둘 다 시골 태생이지만 농사일에는 서툴러 모종을 심을 때마다 벌어지는 일이다.

"여보, 우리 또 등신 소리 듣는 거 아녀?" 했더니 한두 번 듣는 것도 아니면서 뭔 걱정이냐며 웃는다. 땅을 마련하고 텃밭을 가꾸면서 가장 많이 들었던 말이 "에구 등신"이었는데 이번에도 누군가는 또 그런 소리를 할지도 모르겠다.

그래도 나는 오늘부터 얼치기 농부 흉내를 내며 텃밭 일기를 써보려고 한다. 곡식들도 주인의 발걸음 소리를 듣는 만큼 잘 자란다고 하니, 시간 나는 대로 텃밭에 와서 풀을 뽑아주고 벌레도 잡아주며 돌봐줄 생각이다.

지난번에 심어놓은 상추가 제법 자라 바람에 나풀거린다. 오늘 점심 밥상에는 푸짐하게 상추쌈을 올려야겠다.

텃밭 일기(2)

– 잡초와의 전쟁

    가게 일이 바빠 며칠 만에 쉬어家에 들어왔다. 어스름 새벽에 일어나 둘러본 텃밭은 그야말로 잡초들의 천국이었다. 장화를 신고 호미를 들기 전에 먼저 꽃길을 걸으며 꽃들과 인사를 나눈다. 활짝 피어난 금잔화가 소담하고 패랭이에 이슬이 맺혀 영롱하다. 키다리 접시꽃 이파리에는 달팽이 두 마리가 사이좋게 놀고 있다. 얼마 전까지만 해도 좁쌀만 한 녀석들이 자라 콩알만 해지더니 어느새 밤톨만큼 자라 접시꽃 이파리들을 성한 곳 없이 뜯어 먹었다. 접시꽃을 위해 달팽이가 붙어 있는 이파리를 잘라서 편백나무 언덕 위에 놓아주었다. 바위틈에 자리 잡은 백합들은 한창 꽃망울을 부풀리는 중이다. 조만간에 활짝 피어나 아름다운 모습과 향기로 감탄하게 하리라.

    며칠 동안 돌보지 못했어도 텃밭과 꽃밭은 나름대로 질서를 유지하고 있다. 잡초들은 강인한 생명력을 과시하며 세력을 넓히는 중이다. 안됐지만 잡초들의 전성시대는 오늘 내 호미 끝에서 며칠 동안만이라도 막을 내리게 될 것이다. 꽃들도 피고 지며 벌들에게 꿀을 내어주고 씨앗을 맺으며 자연에 순응하며 상생하고 있다.

　호미를 들고 콩밭에 앉았다. 올해 서리태는 아무래도 사람들의 밥상보다는 새들의 배를 먼저 불려준 것 같다. 듬성듬성 자리가 훤하다. 밤사이 내린 비가 흙을 부드럽게 해준 덕에 풀 뽑기가 한결 수월하다. 두어 시간 남짓, 잡초와 전쟁하다 보니 등이 후끈후끈하다. 어느새 동쪽 산등성이 너머로 해가 떠올라 몸을 붉게 달구고 있다. 매번 호미를 들고 밭에 앉으면 제초제의 유혹에 흔들리며 잡초와 씨름을 한다. 오늘도 잡초와의 씨름은 나의 판정승으로 끝이 났다. 깨끗해진 밭을 보니 속이 후련하다. 이 맛에 힘들어도 풀을 뽑게 되나 보다.

　상쾌해진 기분에 콧노래를 부르며 아래쪽 텃밭으로 내려가 된장찌개를 끓일 요량으로 부추를 한 움큼 자르고 파 두 뿌리와 청양고추 서너 개를 따서 바구니에 담았다. 올해 상추 농사는 대성공이다. 우리 가족이 양껏 뜯어 먹고도 남아돌아 지인들에게 나눔을 많이 하는 데도 상추는 어느 사이 무럭무럭 자라 다보록했다. 아무래도 상추의 쓰임새는 사람들의 입만 즐겁게 해주는 게 아닌 듯하다. 콩 톨보다 작았던 달팽이 녀석들이 밤톨만큼 자라 상춧잎 여기저기 많이도 붙어 있다. 그런데도 상춧잎을 갉아 먹은 흔적이 신기하게도 없다. 쌉쌀한 상추는 달팽이 입맛에는 당기지 않는지 옆의 샐러드

채소만 다 갉아 먹었다. 아무래도 상추의 넓은 잎은 달팽이들의 시원한 그늘 쉼터이자 놀이터였던 모양이다.

아침 밥상에 올릴 찬거리는 모두 밭에서 해결했으니 앞으로는 텃밭 시장이라고 불러야겠다. 뚝배기에 된장찌개를 보글보글 끓여 상추쌈과 먹는 아침은 꿀맛이다. 텃밭에서 땀 흘리며 일하고 난 후에 내 손으로 가꾼 채소로 밥상을 차려낸 흐뭇한 마음도 한몫했으리라. 이 맛에 힘들어도 기꺼이 호미를 들고 밭고랑에 앉는 것이리라.

가게를 하며 하루하루 살아내는 일이 숨차고 버겁다가도 쉬어家에 들면 팽팽했던 몸과 마음이 느슨해지고 평화로워진다. 내가 호미를 들고 풀을 뽑고 있는 것을 보며 답답하다는 듯 주변에서는 제초제를 쓰면 편할 텐데 사서 고생한다고 걱정들을 한다. 그런데도 밭고랑에 호미를 들고 앉아 풀을 뽑느라 땀을 흘리는 그 시간조차도 마음만은 고요하고 평화롭다.

나는 농부의 자질도 없거니와 진정한 농부도 될 수 없다. 하지만 농부들이 흘리는 땀의 의미를 작은 텃밭에서 잡초와 전쟁하며 조금씩 아주 느리게 알아가는 중이다.

텃밭 일기(3)

─ 저절로 열매를 맺는 곡식은 없다

　모두를 힘들게 했던 불볕더위도 입추와 말복이 지나가니 바람의 결이 달라졌다. 언제 그리 더웠냐는 듯 거짓말처럼 제법 선선한 기운이 느껴진다. 더위가 수그러드니 좀 살만해지고, 햇살도 누그러진다는 처서만 지나면 잡초도 덜 자란다고 하니, 이젠 잡초와의 전쟁도 막을 내리려나 싶었다.

　서서히 가을맞이 준비를 할 생각에 설레었다. 그런데 이번에는 태풍을 동반한 가을장마가 불청객으로 찾아와 내 마음을 비웃는다. 자연의 오묘함을 온몸으로 느끼는 순간순간마다 인간이란 한없이 작은 존재임을 자각한다. 한껏 몸을 낮춰 겸허하게 살아야지 생각하지만 돌아서면 언제 그랬냐는 듯, 망각하고 자연의 섭리를 터득한 양 고개를 뻣뻣하게 세우고 오만하다. 인간의 고질적인 습성인 듯하다.

　올여름은 너나 할 것 없이 무더위를 견디느라 힘들었을 것이다.

나도 가게와 텃밭을 오고 가며 하루하루를 정신없이 보냈다. 가게에서는 튀김기의 뜨거운 열기에 땀범벅으로 일을 하고, 텃밭에서는 뽑아내고 돌아서면 어느새 무성하게 자라나는 잡초와 씨름을 했다. 작년까지 언덕 아래 작은 텃밭을 가꿀 때만 해도 농사일은 해볼 만하다고 생각했다.

언덕 위 넓은 밭에 농사를 짓던 어르신들이 건강 악화로 밑거름까지 뿌려둔 밭에서 손을 놓아버렸다. 느닷없이 벌어진 일이라 밭을 놀릴 수도 없어 전전긍긍하니, 주변에서 심어만 놓으면 된다며 콩하고 들깨를 심으라고 권했다. "까짓것 심어만 놓으면 된다는데 나라고 못 하겠어." 치기이고 오만이었다.

애당초 그건 말도 안 되는 소리였다. 콩 씨를 심고 나니 어떻게 알았는지 새들이 날아들어 콩 심은 자리를 귀신같이 찾아내 콩을 쪼아 먹었다. 그렇게 새들의 배를 불려주고 용케도 남아있는 콩들이 싹이 돋아 쑥쑥 자라났다. 그런데 무성하게 자라난 콩잎을 잘라 내란다. 순지르기를 해줘야 콩이 많이 열린다며 순 치는 걸 알려주는데 인정사정이 없다. 가지만 남겨 놓고 앙상하게 싹둑싹둑 잘라버린다. 잘라버릴 거면 왜 키웠는지 수북하게 잘려 나간 싹들을 바라보니 어이가 없었다. 들깨도 마찬가지였다. 농사일은 수월한 것이 없었다.

손이 덜 가는 농작물이 있을지는 모르겠으나 세상 어디에도 심어만 놓으면 되는 씨앗들은 없었다. 농사일을 결코 만만하게도, 가벼이 생각해서도 안 된다는 것을 가을철 수확까지 마치고 나서야 알았다. 손바닥만 한 텃밭에 채소를 조금씩 가꾸며 한껏 오만해졌던 나의 치기가 올여름 콩과 들깨 농사를 지으며 무참하게 꺾이고 말았다.

애초부터 무지하고 무모하게 시작한 농사였다. 씨앗 한 톨, 한 톨이 지닌 각각의 의미를, 땅이 지닌 본연의 힘도 알지 못했다. 씨앗을 품은 대지와 자연은 오묘하고 신비하지만, 오만한 인간에게는 절대 관대하지 않음을 깨달았다. 하여 풍요는 부지런하게 일하며 정직하게 땀을 흘리는 사람들의 당연한 몫이 되기를 기도했다.

요즘 많은 사람이 전원생활을 꿈꾸며 귀농과 귀촌을 소망한다고 한다. 그러나 귀농과 귀촌이 생각처럼 호락호락하지도 않거니와 여유와 낭만만이 가득하지도 않다. 우리 부부도 여유롭고 낭만 가득한 노년을 소망하며 귀촌을 준비 중이지만 어쩌면 진로 수정을 고민해야 할지도 모르겠다.

벼룩나물

　며칠 동안 무리를 했더니 기어이 오른쪽 어깨가 탈이 났다. 쑤시고 욱신거려 잠을 설치기 일쑤다. 덩달아 수술한 왼쪽 다리마저도 속을 썩인다. 복수초가, 노루귀가 피었노라 꽃소식을 들으면 몸이 달았다. 쉬어家의 땅속도 새싹을 올리느라 법석일 텐데 아픈 어깨 때문에 들릴 엄두를 내지 못하고 전전긍긍만 하고 있다. 남쪽에서는 봄꽃이 한창이라는 소식에 더는 참지 못하고 집을 나섰다. 겨우내 불을 지피지 않은 냉골인 방에 보일러를 틀어 온기를 불어넣고 마당으로 나와 이곳저곳을 둘러보았다. 작년 가을에 미처 정리하지 못한 앙상한 마른 꽃 가지들이 무심하게 바람에 흔들린다.

　너희들을 어찌하랴. 새싹들이 마른 가지들을 밀어내며 힘겹게 돋아나고 있었다. 모른 체 할 수 없어 창고 문을 열고 전지가위와 낫을 찾아 들었다. 나무들 가지치기를 하고 마른 꽃 가지들을 잘라 내며 새싹을 덮고 있는 덤불들을 걷어냈다. 한참을 정신없이 하다 보니 땀이 솟고 어깨가 다시 욱신거린다. 잠시 숨을 돌리려 원두막에 앉아 사방을 둘러보니 맞은 편 산자락 나무들의 우듬지에 푸른빛이 아른거린다. 얼마 후면 새싹이 돋아나리라.

계절의 변화를 알아채며 움직이는 자연은 언제나 경이롭다. 사람도 자연의 일부 인지라 별반 다르지 않은지 주변의 언니들은 "한 살만 더 먹어봐라. 몸도 마음도 달라지리니." 하더니 요즘 들어 그 말뜻이 뼛속에 스민다. 정말 그랬다. 체력도 예전만 못해 조금만 힘들어도 금세 지쳐 늘어진다. 여기저기 아픈 곳만 늘어나고 누군가는 삶의 훈장이니 너무 서러워 마라 하지만 가끔은 서럽다. 특히 할 일이 태산 같은 요즘 같은 날에는 마음대로 할 수 없는 어깨가, 관절 수술한 다리가 야속하다.

그러니 어찌하겠는가. 사람이 검불을 헤치며 돋아나는 봄날의 새싹과 같을 수는 없는 일, 더는 무리를 하면 안 된다니 쉬엄쉬엄 달래가며 사는 게 그동안 부려 먹기만 한 몸에 대한 예의 아니겠는가.

일은 접어두고 봄나물이나 뜯을 요량으로 칼을 들고 자작나무를 심어놓은 곳에 앉았다. 볕이 좋은 곳이라 그런지 벼룩나물이 제법 푸릇푸릇 돋아났다. 남편이 봄만 되면 먹고 싶다고 노래를 부르는 나물이다. 친정엄마는 벼룩나물을 '별금다지'라 불렀다. 남편은 '불금다지'라 부른다. 나도 엄마처럼 '별금다지'라 부른다. 왠지 그리 부르면 엄마가 옆에 있는 것처럼 정겹게 느껴지기도 하고, 벼룩나물에 별빛이 내려앉아 여린 새싹에 힘을 보태 자라난 것만 같아서이다.

벼룩나물은 실처럼 가느다란 줄기로 추운 겨울을 이겨내고 낮은 포복으로 영토를 확장 중이다. 다보록하게 납작 엎드린 이 녀석들을 바라보고 있으면 어느 곳을 도려내야 할지 난감하기만 하다. 자칫 칼끝이 어긋나면 줄기들이 제멋대로 흩어져 버린다. 조심스레 칼끝을 들여 밀어 뿌리라 짐작되는 곳을 도려낸다. 추운 겨울을 견뎌내고 싱그런 초록빛으로 자라나는 벼룩나물의 낮은 포복이 마냥 부럽기만 한 까닭은, 나이 들어가며 삐거덕거리는 내 육신이 안타까워서인가 보다.

뿌리의 흙과 검불을 털어내고 줄기를 조금 뜯어 씹어 보니 흙내음 섞인 풋내가 입안 가득 퍼진다. 남편은 이 진한 풋내가 좋아서 봄만 되면 생각이 난다고 했다. 아마도 봄만 되면 벼룩나물을 무쳐 밥상에 올려주시던 돌아가신 어머님이 그리워서 더 간절한 것은 아니었을까. 한 끼로 충분할 만큼만 뜯고 언덕 이곳저곳을 살펴보았다. 편백 나무 아래 돌나물도, 냉이도, 쑥도 제법 자라 며칠 후면 내가 좋아하는 쑥국도 끓여 먹을 수 있겠다.

오늘 밥상에는 벼룩나물에 무생채를 썰어 넣고 조물조물 무쳐 식탁에 올려야겠다. 그러면 남편의 헛헛한 마음도, 아픈 어깨와 다리 때문에 우울한 내 마음도 조금은 위로가 되지 않을까.

사람들의 봄날

봄의 빗장이 열렸다. 심장의 박동이 빨라진다. 겨우내 움츠려 있던 온몸의 세포들도 설렘으로 움찔거리며 다시 새봄을 맞이할 준비로 긴장한다. 어디 그런 설렘과 긴장감이 나쁘랴. 아마 봄을 기다리고 있던 모두가 그러할 터, 겨우내 웅크려 있던 사람들도 바람 한 점, 햇살 한 조각에 깃든 봄을 찾아내 온몸에 봄의 온기를 불어넣을 것이다. 동토의 긴 어둠을 건너온 대지도 얼었던 몸을 풀어 잠들었던 씨앗들을 깨우고 매만지느라 들썩거릴 터였다.

아직 옷깃을 여미게 하는 쌀쌀함이 많이 남아있지만 바람은 따스한 온기로 봄의 영역을 넓히고 있다며 조금만 기다리라 속살거린다. 나도 옷장에서 하늘거리는 꽃무늬 원피스를 꺼내 입어 보기도 하고 햇살 좋은 베란다에 나가 창문을 열어 심호흡하며 봄이 어디쯤 오고 있는지 실눈을 뜨고 가늠해본다.

창문을 건너온 햇볕이 거실 바닥에 펼쳐진다. 햇살에 봄의 숨결이 가득하다. 요즘 우리 집 베란다 정원은 나의 반려 식물들이 봄을 맞이하고 즐기려는 소리로 소란하다. 화분 흙 속에 잠들어 있던 수선화와 베들레헴이 용케도 봄을 알아차리고 빼꼼 새싹을 내민다. 일 년 내내 피고 지고를 반복하는 제라늄들도 봄의 숨결은 다르게 느끼는가 보다. 제각각의 색을 뽐내며 봄 치장을 하느라 여념이 없다. 게 발 선인장 이 녀석은 해마다 그러하듯 느릿느릿 꽃망울을 부풀리며 햇살을 즐긴다. 마치 여유가 뭔지 저를 보고 배우라는 듯 요즘처럼 어려운 시절에 꼭 어울리는 화두를 던지는 듯하다. 불안해서 조급증이 나더라도 참고 견디면 언젠가 꽃피는 날도 오리니.

나도 봄맞이로 분주해진다. 틈나는 대로 쉬어가로 달려가 꽃밭과 텃밭에서 해묵은 덤불들을 걷어내고 웃거름을 뿌려놓는다. 텃밭에서는 방풍나물이 움을 틔우고 지난가을 씨를 뿌려 돋아난 시금치는 초록빛으로 윤기가 돌며 자라고 있다. 방풍나물과 시금치는 조만간에 우리 집 식탁에 올라 이야기꽃을 피우게 하리라.

꽃밭에는 지난 늦가을 심어놓은 튤립, 수선화, 히아신스가 흙을 밀어 올리고 새싹이 세상을 곁눈질한다. 그 곁눈질에 안심하고 어서 오라고 봄 햇살이 따스하게 맞이한다. 검불처럼 바스락거리던 내 마음에도 훈풍이 불어오니 늘어져 있던 오감이 기지개를 켠다.

아! 드디어 봄이구나.

사람들은 절박하거나 힘이 들 때면 절대자를 향해 두 손을 모은다. 자연의 이치도 별반 다르지 않은지 돋아나는 새싹들도 한 결같이 두 손을 모으고 있다. 무엇이 그리 간절했을까. 그건 매서운 겨울

긴 어둠 속에서 따뜻한 봄날이 오기를 기다리는 간절한 염원 때문이 아니었을까. 봄은 모두에게 희망의 계절이다. 가슴 두근거리는 설렘의 계절이기도 하다.

지난겨울은 온 세상을 두려움으로 가득 채운 몹쓸 코로나바이러스로 인해 유난히 더 춥고, 길게 느껴지는 날들이었다. 못된 바이러스와 영원히 끝날 것 같지 않은 싸움을 하며 주눅 들고, 움츠러들며 우울했다. 사람들은 여전히 춥고 아픈 계절을 보내고 있다. 하지만 쉽사리 자리를 내어줄 것 같지 않던 엄동설한 겨울도, 따스한 봄바람 앞에서는 자리를 양보하는 것이 자연의 섭리이지 않던가.

모두가 불안으로 힘든 시간을 보내고 있지만, 새싹들은 돋아나고, 꽃들은 피어나며, 봄은 우리 곁에 찾아온다. 새싹처럼 두 손을 모으고 사람들에게도 따뜻한 봄날이 오기를 간절하게 빌어본다.

가을이 붓질하면

바람결이 달라졌다. 간간이 겨울 향기가 묻어난다. 이리저리 흩날리는 낙엽이 발걸음을 재촉하고 그 재촉에 가을이 뒷모습을 보이며 멀어지고 있다.

나의 올해 가을은 눈부셨다. 쉬어家에서 계절이 붓질하는 풍경화를 관람료 한 푼 내지 않고 맘껏 감상하는 호사를 누렸다. 가게 문을 닫고 자정 지나 쉬어가에 들면 하늘에선 별들이 내려다보며 "오늘 하루도 수고했어." 위로하는 듯 반짝이며 반긴다. 산들바람에 하늘 거리며 코스모스가 맵시를 뽐내고, 언덕 아래 논배미에서는 황금벌판으로 채색하며 벼들이 무르익어간다. 가까이, 멀리 보이는 산들은 하루하루 다른 모습으로 붓질하는 것을 멈추지 않는다.

가을이 붓질하는 그림이 어디 그뿐이랴. 이른 아침 안개가 몽글몽글 피어오른다. 수줍은 햇살이 안개로 동심원을 그리면, 동심원은 산자락 끝에 옹기종기 모여 사는 마을을 품에 안는다. 저기가 신선들이 사는 곳이 아닐까. 몽환적이고 신비스럽다. 햇살이 점점 힘을 내기 시작하면 안개는 슬그머니 동심원을 풀고 어디론가 사라진다. 아침 햇살과 안개의 합작으로 붓질한 그림은 올가을 내가 바라본 최고의 풍경화다.

나무에서 떨어진 단풍잎들을 모았다. 곱게 물들었다. 언뜻 보면 예쁘기만 한 잎들을 살펴보니 어느 것 하나 온전한 것이 없다. 조금씩 상처가 있거나 고운 빛 사이에 얼룩얼룩 검은 점들도 박혀 있다. 아예 잎 전체가 숭숭 구멍이 난 것도 있다. 온몸이 상처투성이인데도 곱게 물든 고운 빛이 안쓰럽다. 지금껏 멀리서 단풍의 화려한 겉모습을 바라보며 그 모습을 그대로 믿었다. 온전한 나뭇잎들 사이에 상처가 난 잎들도 나무의 빛나는 가을을 함께 붓질하는 것을 생각하지 못했다.

특별한 날에만 꺼내 사용하는 그릇을 꺼냈다. 몇 해 전 도자기 축제에 갔다가 은은하게 빛나는 푸른빛이 맘에 들어 사 온 둥글납작한 그릇이다. 처음 도예가의 손끝에서 작품으로 빚어졌지만 어떤 연유인지 뜨거운 가마에서 티끌만 한 상처를 입고 퇴출당한 작품이다. 상처 때문에 작품으로서 가치를 인정받지 못하고 싼값에 내 차지가 되어 귀한 대접을 받는 중이다.

그릇은 어떠한 음식을 담아내도 어울렸고 식탁의 분위기도 잘 살렸다. 애초 도예가의 손끝에서 작품으로 빚어진 터라 생김새에는 작가의 정성이 고스란히 드러난다. 마지막으로 눈곱만한 티끌을 발견하며, 얼마나 속상해했을지 가늠해보기도 한다. 그래서 더 소중하다. 내 눈에는 티끌이 잘 보이지 않을뿐더러 문제가 되지 않는다. 오히려 그 티끌이 고마울 지경이다. 만약 제대로 된 작품이었다면 이 멋진 그릇을 언감생심 욕심을 내지 못했을 터였다.

정성껏 준비한 음식을 담아내듯 상처를 입은 단풍잎들을 그릇에 담았다. 꽃밭에서 하얀 데이지와 보라색 수레국화를 꺾어다 장식도 해주었다. 덕분에 올해 나의 가을은 아름답고 행복했노라고, 내내 설레게 해준 가을의 모든 것에게 고마움과 경의를 표했다. 가을이 찬란하고 아름다운 이유는 나무가 지닌 본연의 색을 드러내기 때문이라고 한다. 그 찬란함 속에는 우리가 미처 알지 못한 상처와 나무들이 견뎌낸 인고의 시간이 깃들어 있을 터였다.

새싹을 올리고 싱그러움을 뽐내던 그 여름날에도, 때론 뿌리를 흔드는 강한 비바람에도, 인정사정없이 갉아먹는 벌레들에게도, 온몸을 내어주며 평생 한자리에 우뚝 서 묵묵히 견뎌낸 것이다. 그런 험난한 시간을 보내고 나무가 드러내는 본연의 모습이 어찌 찬란하지 않을 수 있겠는가.

자연이 그려 내는 그림 중 아름답지 않은 풍경이 어디 있을까. 하지만 가을이 붓질하는 그림이 더욱 빛나고 찬란한 것은 상처를 보듬고 의연하게 살아낸 인고의 시간 때문이리라.

별똥별을 기다리며

칠흑 같은 어둠이 이런 풍경인가 보다. 한 치 앞도 가늠하기 어려울 만큼 캄캄하다. 언덕 아래 무논에서 개구리들의 울음소리와 풀숲에서 풀벌레들의 찌르르, 또르르, 불협화음 합창이 고요한 적막을 깨트린다.

하늘을 올려다보니 도시에서 바라보던 하늘과는 너무 다르다. 분명 같은 하늘, 같은 별일 텐데 도시에선 희미하고 잘 보이지 않던 별이 이곳 하늘에서는 초롱초롱하다. 금방이라도 별들이 쏟아져 내려와 지상의 소리에 천상의 소리를 보태어 연주라도 할 듯싶다. 오랜만에 마주하는 시골의 밤하늘이다. 마음껏 하늘의 별들을 즐길 요량으로 노을 바위에 앉았다. 별똥별이 긴 꼬리를 그리며 떨어진다. 재빨리 두 손을 모으고 소원을 빌었다.

별똥별은 옛날 고향 앞마당 풍경을 펼쳐 놓고, 나를 초대한다. 별이 쏟아져 내릴 것 같은 여름밤이다. 전기도 들어오지 않아 밤이면 불빛 한 조각도 귀했던 시골 동네였다. 어둠을 밝히던 유일한 빛은 호롱불과 마당 한 귀퉁이에 피우던 모깃불이 전부였다. 해지기 전 저녁밥을 먹고 나면 엄마는 마당에 모깃불을 피워놓고 그 옆에 멍석을 펼쳐 놓았다. 짚으로 엮어 꺼끌꺼끌한 멍석은 나의 놀이터가 되었다. 뒹굴뒹굴하면서 마실 온 이웃 어른들의 이야기를 귀동냥하기도 하고, 하늘의 별을 손가락으로 세며 놀기도 했다. 어쩌다 긴 꼬리를 늘이며 떨어지던 별똥별을 보면 별똥별이 어디로 떨어졌을까 너무도 궁금했다. 궁금함을 참지 못하고 멍석 위에 어른들에게 물어보았다. 깨끗한 개울 모래밭이라고 했다. 그리고 나를 지그시 바라보며 착한 사람 눈에만 보이니 내일 가서 꼭 찾아보라고 했다. 별똥별은 쫄깃쫄깃하고 맛도 좋다며 큰소리로 웃으셨다.

별똥별이 어떤 맛일지 정말 궁금했다. 그 이후로 나는 별똥별이 떨어지는 것을 보게 되는 다음날이면 슬그머니 냇가로 나가 모래밭을 샅샅이 살폈다. 그러나 어른들이 말하는 쫄깃쫄깃 맛있다는 별똥별은 어디에도 없었다. 대신 운 좋게 물새들의 둥지에서 조약돌을 닮은 물새알들을 발견할 때가 있다. 알들을 둥지에서 꺼내 혹시 별똥별이 변신한 것은 아닐까 이리저리 살피다가 어미 새들만 몸 달게 했던 일이 꽤 여러 번이었다. 별똥별은 마음 착한 사람 눈에만 보인다더니 그 말이 맞는 것 같았다.

고백건대, 나는 착한 아이가 아니었다. 냇가에 수영하러 놀러 갈 때나, 밖에서 놀 때 종종 남의 밭에서 참외나 오이를 한 개씩 서리하곤 했다. 놀다가 배고플 때 먹으면 꿀맛이었다. 그런데도 나는 여름

내내 멍석에 누워 별똥별이 떨어지기를 기다렸다.

하늘을 바라보며 상상하며 즐거워할 수 있게 된 것도 그때부터였을 것이다. 어린 시절 단 한 번도 그 맛있다는 별똥별을 찾아내지 못하고 어른이 되었다. 누구라 할 것 없이 사는 게 고만고만하고 먹을거리도 귀했던 시절이었다. 어쩌면 아이들에게 착한 마음을 심어주고 싶은 어른들의 바람이 별똥별을 착한 사람만 찾아 먹을 수 있는 먹을거리로 둔갑시켰을 터였다.

별똥별 덕분에 잠시라도 유년 시절로 되돌아갔다. 무지했지만, 마냥 순수하고 천진난만하던 그때가 제일 행복하고 아름다운 시절이었지 싶다. 순수의 나이를 지나 알팍한 배움으로 별똥별의 실체를 알게 되었어도 실망하거나 그때의 어른들을 원망하지 않는다. 나는 지금도 노을 바위에 앉아 별을 헤아리며 개울가 깨끗한 모래밭에 별똥별이 떨어지기를 기다리는 중이다.

내 친구 석류나무

가게 뒷마당에 석류나무 한 그루가 서 있다. 해마다 봄꽃들이 앞서거니 뒤서거니 꽃을 피워 세상을 유혹해도 천하태평이다. 주변 나무들이 겨우내 긴 잠을 털어내고, 연초록 새싹을 밀어 올리느라 소란스러워도 도통 다른 세상일이다. 혹시라도 매서운 겨울바람에 얼어 죽었을까 걱정되어 가지 끝을 살짝 꺾어본다. 푸른 기운이 가득하다. 진득하게 기다리지 못하고 기어이 가지를 꺾어낸 조급한 마음이 무안하다.

늘 그렇다. 해마다 다른 나무들과 달리 시나브로 싹을 틔우는 것을 십여 년 넘게 봐 왔으면서도 매해 조바심으로 가지를 꺾고 나서야 후회한다. 나무들이 겨울 냉기를 털어내고 꽃을 피우며 싹을 푸르게 키우는 동안에도 석류나무는 요지부동이다. 봄꽃들의 소란스러운 향연이 끝날 즈음 그제야 봄의 기운에 화답하듯 삐죽이 새싹을 밀어 올리고 세상을 두리번거린다.

기다림의 날들이다. 나무의 잎이 제법 무성해지고 가지에 힘이 오르면 석류나무는 때를 기다렸다는 듯 작은 꽃망울을 달기 시작한다. 석류꽃은 짧은 시간 눈부시게 피었다가 허무하게 지는 꽃이 아니다. 결코 한꺼번에 호들갑스레 꽃을 피우지도 않는다. 미리 피어날 순서를 정해서 약속이라도 했는지 콩알만 한 작은 꽃망울을 부풀리며 한 달 내내 이가지 저 가지에 선홍색 꽃등을 밝힌다.

석류나무는 볼수록 경이롭다. 꽃잎이 지고 난 자리에 버젓이 꽃이 또 피어난다. 처음에는 정말로 한 몽우리에서 두 번 꽃이 피는 줄 알았다. 분명 꽃잎이 떨어진 자리에 별을 닮은 꽃이 피어 있으니 말이다. 한참 지난 뒤에야 꽃이 아니라 꽃받침이란 걸 알게 되었지만, 꽃받침인데도 어쩌면 그리 꽃인 양 시침을 떼고 열매를 키우는지, 나무의 천연덕스러움이 바라볼 때마다 배시시 웃게 된다.

나무를 처음 만나게 된 것은 12월 한겨울이었다. 그날도 일하다 잠시 바람을 쐬러 뒷마당을 서성거리다 나무를 보았다. 겨울이라 볼품도 없는 앙상한 가지가 무슨 나무인지 가늠하기 어려웠다. 봄이 오고 꽃이 핀 후에야 석류나무임을 알게 되었다. 아마 석류나무를 지척에서 보게 된 건 그때가 처음이었다.

주변머리가 없던 내가 주문을 받고 사람들을 상대해야 하는 일이 유난히 힘든 날이 있다. 그러면 잠시 하던 일을 멈추고 뒷마당으로 나간다. 고객과 마찰이 생겨 고개를 조아려야 했던 날도, 입이 거친 사람에게 욕바가지를 뒤집어쓴 날도, 어김없이 뒷마당을 서성이며 나무를 바라보았다. 이상하게 나무를 바라보면 폭풍이 일어 서럽던 마음이 진정되고 위로가 되었다. 석류나무는 일에 지친 나를 묵묵히 품어 주는 친구였다.

　그렇게 오랜 시간, 내 친구가 새싹을 틔우고, 꽃을 피우며, 열매를 키우는 날들을 지켜보았다. 다른 나무들보다 새싹을 올리는 것도, 꽃을 피우는 것도, 열매를 맺는 것도 한 박자씩 느린 듯했지만, 많은 것을 배우며 위로받았다. 어쩌면 내 삶도 남들보다 많이 뒤처진다고 생각해서였을 것이다. 나무와 함께하며 여유와 인내가 어떤 것인지, 기다림이란 게 무엇인지도 알았다. 느리고 더디더라도 평생 같은 자리에서 살아가야 하는 운명을 받아들이며, 풍요로운 열매를 위해 나무가 견디고 이겨내야 하는 시간은, 내가 알아야 할 삶의 가치를 깨닫게 해주었다. 무엇보다 나무가 살아가는 모습은 사람들이 살아내는 세상살이와도 별반 다르지 않았다.

　올해는 석류나무가 해거리를 하려나 보다. 꽃등이 드문드문 켜진다. 지난해 가지가 휘어지도록 탐스럽게 열매를 맺더니 많이 힘이 들었던 모양이다. 다음 해를 위해 모든 걸 접고 해거리하는 내 오랜 친구의 지혜로움이 경이로워 고개를 숙인다. 오늘은 욕심을 내려놓고 휴식을 할 줄 아는 석류나무 친구가 마냥 부러운 날이다.

눈이 부시다

　눈이 부시다. 그런데도 고개를 돌릴 수도 잠시라도 눈을 감고 외면할 수도 없다. 오히려 정반대로 양지식물이라도 된 듯 고개가 절로 움직인다. 입꼬리는 연신 벙실거리느라 귀에 걸린다. 아무런 생각 없이 마음껏 미소를 짓다 보면 혼탁한 영혼이 맑고 순수하게 정화가 된 것 같은 착각을 하게 된다. 내가 손자 녀석들을 바라볼 때 모습이다.

　가을 햇살 좋은 날, 첫 손자 주원이가 태어나고, 봄 햇살 따사로울 때 작은 아이 서원이가 우리 곁에 왔다. 발그레해 꼬물거리던 그 여린 생명을 마주했을 때의 감동을 어찌 말로 표현할 수 있을까. 오래전 내 아이를 품에 안았을 때와는 결이 다른 감동이었다. 주변에서 내 자식을 키우며 바라볼 때보다 손주들을 바라보는 것이 더 예쁘고 사랑스럽다고 했을 때 나는 믿으려 하지 않았다. 설마하니 한 치 건너 두 치라고, 내 금쪽같은 자식과 비교가 되랴. 그런데 나도 그네들보다 더하면 더했지 별반 다르지 않았다. 손주들을 바라보기만 해도 왜 그리 눈이 부시고 입꼬리는 주책맞게 저절로 귀에 걸리는지 녀석들의 마법에 걸려든 것이 분명했다.

어디 그뿐이랴. 난데없이 이 나이에 질투심도 생겼다. 큰 녀석이 어린이집을 다니며 좋아하는 여자 친구가 생겼다. 한동안 여자 친구 이름을 부르며 "좋아 좋아"를 외치고 다녀 은근히 저를 짝사랑하는 이 할미의 속을 뒤집어 놓았다. 그런 녀석이 어느새 한 뼘쯤 자라 말문이 트이더니 세상 모든 게 궁금한가 보다. 요즘에는 제 엄마 껌딱지가 되어 그 조그만 입으로 얼마나 조잘조잘하는지 대답하고 들어주느라 귀에 딱지가 앉을 것 같단다.

돌이켜보면 내가 우리 아이들을 키울 때는 더디 자라는 것 같았다. 언제쯤 기저귀 떼고, 걸어 다니고, 말할까 조바심을 내기도 했었는데 손주들이 하루가 다르게 자라는 모습을 보면 마냥 신기하다. 이래서 내리사랑이라 하나 보다.

요즘 나는 작은 손주 서원이에게 푹 빠져 내리사랑을 증명하며 짝사랑하는 중이다. 이 녀석은 큰아이와는 결이 확연하게 다르다. 심지어 울고 있는 모습도 사랑스럽고 귀여워 우는 표정을 보느라 달래주는 걸 잊을 때도 있다. 며칠 안 보면 눈앞에 아른거려 휴대전화에 저장된 동영상과 사진을 보며 히죽히죽 웃는다.

주원이와 서원이를 바라보면 언제나 눈이 부시다. 손주 자랑은 돈을 내놓고 해야 한다며 농담들을 하지만, 돈을 내고라도 세상에 자랑하고 싶은 게 할미 맘인가 보다. 아이들의 순수하고 맑은 눈망울을 들여다보고 있으면 신이 인간에게 왜 새 생명을 보내 기쁨을 누리게 하는지 어렴풋이 알 것 같기도 하다. 내 자식을 기를 때는 처음이라 모든 것이 서툴러 미처 다 느끼지 못했던 감정과 표현을 마음껏 하며, 외롭지 않게 황혼을 보내라는 신의 배려가 아니었을까.

명절을 앞두고 설빔을 입힐 생각에 설렌다. 제법 자란 큰손주 주원이에게 세배는 받을 수 있으려나. 만약 받게 되면 무어라 덕담해야 하나. 온종일 생각하며 웃었다.

손주들을 향한 마음이 내리사랑이든 짝사랑이든 그건 중요하지 않다. 우리 가족에게 천사 같은 새 생명이 오고, 그 아이들을 기르며 딸아이는 내가 저희를 기르며 느낀 감정과 사랑을 터득할 것이다. 지금은 아이들을 키우느라 때론 힘이 들어 빨리 자라기만을 바랄 수도 있을 터이다. 하지만 내 나이쯤 어느 날에는 이 어미와 똑같은 할머니가 되어 내리사랑이 어떤 것인지, 아이를 바라보면 왜 그리 눈이 부신 지 저절로 알게 되리라.

특별한 나무

특별한 나무 한 그루를 심었다. 꽃이 청초하고 아름다운 '수사해당화'다.

지금까지 쉬어家 주변에 여러 종류의 나무들을 심었다. 그 나무들은 꽃이 마음에 들거나 평소 내가 많이 좋아했던 나무들이다. 남편은 꽃보다 잎이 넓고 시원해 보이는 나무를 좋아해 목련과 함박꽃나무도 심었다. 심을 때는 줄기가 손가락처럼 가늘었던 나무들이 어느 사이 무럭무럭 자라 제법 굵어져 나무 티를 내고 있다. 해가 갈수록 푸르게 쑥쑥 자라나는 나무들을 바라보며 신기하기도 하고 나무의 환경 적응력에 놀라며 감탄한다. 나도 저리 푸르고 싱그럽던 날들이 분명히 있었을 텐데 어느새 예순의 문턱을 넘어선 나를 마주한다.

문명과 의학의 발달로 백세시대를 이야기하는 세상이다. 그렇다고 해도 나이 예순이면 인생 시계는 내리막길에 접어든 셈이고 노을이 설핏 비치는 나이인 것도 분명하다. 언젠가는 나도 이 세상 나들이를 마치는 날을 맞이하리라. 얼마 전부터 남편은 우리도 언제, 어떻게, 저세상으로 가는 날이 온다고 해도 하나도 이상할 나이가 아니라는 말을 자주 했다. 주변 친구들이 암으로 투병한다는 소식도 종종 듣게 되고, 생사를 달리 한 형님도 계셔서 그런지 죽음에 관한 생각이 많아진 듯했다. 나도 엄마가 돌아가신 후 한동안 마음을 추스를 겨를도 없이 힘들게 보낸 시간이 있어 남편의 말이 허투루 들리지 않는다. 남편 말대로 지금 우리 부부에게 갑작스럽게 죽음이 찾아온다고 해도 이상하지 않다는 것에 수긍한다.

요즘 들어 무거운 주제지만 훗날 우리 부부가 묻히게 될 곳에 관한 이야기를 자주 하게 된다. 이런저런 장례문화를 이야기해 보지만 남편과 나의 바람은 수목장이다. 나무를 미리 심었노라고, 두 딸과 지인들에게 수목장 나무 이야기를 했다. 반응은 제각각 다르다.

수목장이란 단어가 내포한 죽음에 대해 무거움이 그들이 생각할 시간을 방해했을까. 어이없어하기도 하고, 너무 이른 것 아니냐며 별스럽다고 했다. 심지어 그걸 왜 본인들이 준비하냐며 너무 슬프지 않냐고 되묻는 지인도 여럿 있었다. 다행인 것은 훗날 우리를 배웅할 두 딸이 보인 반응이 긍정적이고, 작은아이는 좋은 생각이라며 아빠 엄마를 존중해주었다. 한편으로는 뭔가 두려움이 있는 듯 여운을 남기는데 한창 청춘인 아이가 왜 아니 그럴까 싶다.

오래전에 유언장 미리 써보기를 체험한 적이 있다. 처음에는 담담하게 한 줄, 한 줄, 써 내려갔는데 어느새 내 눈에 눈물이 줄줄 흐르고 있었다. 그때 그 눈물의 의미는 처음으로 느껴본 죽음의 두려움 때문인 것도 있었겠지만, 어쩌면 내가 살아온 날들에 대한 후회 때문이기도 했을 것이다.

유언장을 다 쓰고 난 후 앞으로 남은 생은 최선을 다해 후회 남지 않을 삶을 살아가겠노라고 다짐했다. 그때 그 기억이 떠오르는 건 아마도 수목장을 생각하며 나무를 심어서 일터였다. 모두에게 죽음과 수목장이란 말이 무겁고 엄숙하게 받아들여지는 것도 당연하다. 하지만 나이 들어가면서 비켜 갈 수 없는 것도 사실이다. 그렇다면 미리 많이 생각하고 준비해 놓아도 괜찮지 않을까 싶은 게 남편과 나의 마음이다.

나무를 심을 구덩이를 파고 나무를 심는데 손끝이 떨린다. 나라고 마냥 가벼운 마음은 아니었나 보다. 바람에 흔들리는 나무를 바라보았다. 앞으로 내게 주어진 삶을 최선을 다해 잘살아 볼 테니 너도 잘 자라 주면 고맙겠다고 속삭이며 흙을 토닥거렸다.

4

하루

누구에게나 숨 고르기는 필요하다. 내가 지나온 시간, 전력 질주하며 숨 고르기도 할 여유 없이 살아오면서 절대 잊지 않고 지켜낸 것이 있다. 그것은 스스로에 대한 믿음과 사랑이다. 내가 나를 신뢰하지 않고 사랑하지 않았다면 어쩌면 오늘 하루는 영원히 없었을지도 모른다. 기껏해야 하루 스물네 시간, 그 시간을 쉬기 위해 그리 오랜 시간을 고생했냐고 반문하는 이도 있을지 모르겠다. 하지만 나에게 숨을 고르기 위한 시간의 길이는 그다지 중요하지 않다. 자유로운 하루인 오늘은, 우리 가족이 어두운 터널을 무사히 지나왔다는 증거가 될 테니 말이다.

-본문 중에서

하루

오솔길 따라 자전거 페달을 밟는다. 양쪽으로 늘어선 소나무들이 품어내는 솔잎 향기가 그윽하다. 깊게 숨을 들이켠다. 온몸의 세포가 열리고 도시의 찌든 기운이 눈 녹듯 사라진다. 몸이 가벼워지고 있다.

"오늘 하루는 자유다"

두 팔을 쭉 뻗고 큰소리로 외친다. 한 달 중 유일하게 자유로운 오늘 하루, 생닭의 비릿한 냄새도 안녕, 따르릉 전화 소리도 안녕, 같은 레퍼토리로 고객을 상대해야 하는 내 모습도 안녕이다. 오늘 하루는 한 달을 열심히 살아온 나를 위한 선물이다. 그리고 앞으로 살아가야 할 날들을 위한 숨 고르기를 하는 날이기도 하다.

서른 날 중 단 하루를 온전하게 쉬기 위해 십 년이란 세월이 걸렸다. 주5일제 근무에 공휴일까지 휴일이 넘쳐나는 세상이지만 나에게는 딴 세상 이야기일 뿐이다. 지금까지 기껏해야 서른 날 중 하루, 그 하루를 쉰다는 것조차 우리 부부에겐 사치였다. 무겁게 짊어진 삶의 숙제를 해결하는 것이 우선이었다. 그 숙제를 한가지씩 해낼 때마다 가벼워지는 마음의 무게 때문에 견딜 수 있는 세월이었다. 감당하기 버거운 일들 때문에 이불을 뒤집어쓰고 간혹 눈물을 쏟아낼 때도 있었다. 하지만 신기하게도 불행하다는 생각은 단 한 번도 들지 않았다. 구구절절 하소연도 하지 않고 살았다. 피해서 갈 수 없으면 기꺼이 즐겨보겠다는 나름의 오기였는지도 모른다. 이런 나를 두고 주변 사람들은 참 지독하다고 수군거렸다.

오늘 하루가 열심히 살아온 날들을 내려놓고 잠시 숨 고르기를 하는 것이라면, 지나온 하루하루는 무거운 삶의 무게를 가볍게 하기 위한 달리기를 한 것이다. 자전거 페달을 잠시 멈추고 호흡을 가다듬는다. 더욱 짙어진 숲의 향기에 주변을 둘러보니 어느새 오솔길 끝자락에 와 있다. 계곡에서 청량하게 물 흐르는 소리와, 지절거리는 새소리에 장단을 맞추듯 저절로 콧노래가 나온다.

하루는 세상 사람 모두에게 주어지는 평등한 시간이다. 내가 즐기는 오늘도, 다른 이들과 똑같은 하루임이 분명하다. 살아가는 방법에 따라 불행해질 수도, 행복해질 수도 있음을 그동안 숨 가쁘게 살아낸 하루 때문에 알게 되었다.

누구에게나 숨 고르기는 필요하다. 내가 지나온 시간, 전력 질주하며 숨 고르기도 할 여유 없이 살아오면서 절대 잊지 않고 지켜낸 것이 있다. 그것은 스스로에 대한 믿음과 사랑이다. 내가 나를 신뢰하지 않고 사랑하지 않았다면 어쩌면 오늘 하루는 영원히 없었을지도 모른다.

기껏해야 하루 스물네 시간, 그 시간을 쉬기 위해 그리 오랜 시간을 고생했냐고 반문하는 이도 있을지 모르겠다. 하지만 나에게 숨을 고르기 위한 시간의 길이는 그다지 중요하지 않다. 자유로운 하루인 오늘은, 우리 가족이 어두운 터널을 무사히 지나왔다는 증거가 될 테니 말이다. 그동안 포기하지 않고 살아낸 날들 덕분에, 오늘 주어진 하루도 행복하게 즐기며 맘껏 자유로울 수 있는 것이리라.

오늘 하루, 나는 정말 행복하다.

바람 속을 걷는 법

바람이 분다. 이른 아침부터 서서히 불기 시작한 바람은 산골짜기를 타고 내려와 골짜기 끝자락인 쉬어家의 텃밭과 마당을 윙윙거리며 휘저어 놓고 사라진다. 편백나무 여린 가지들이 위태롭게 흔들리고 있다. 거센 바람에 가지들이 꺾이고 나무들이 다칠까 조바심이 난다. 맞은편 언덕에 벚나무와 전나무를 바라보니 가지를 흔들며 세찬 바람에 길을 내어주고 있다. 오랜 세월 바람 골인 이곳에서 뿌리를 내리고 살아낸 의연함이 고스란히 내게로 전해져 온다. 그런 나무 앞에서 늘 우스갯소리처럼 이곳 바람에 홀려 땅을 사게 되었노라고 떠들던 내 모습이 한없이 작게 느껴진다.

나는 바람 예찬론자다. 계절마다 다르고, 날마다 다르고, 시시때때로 다른 바람의 결을 느끼는 것을 좋아한다. 바람이 불어올 때면 눈을 감고 가만히 서서, 바람에 얼굴을 맡기고 바람이 전해주는 이야기를 상상한다. 그런 내가 이곳 쉬어家에서 처음 마주하는 겨울바람은 너무 거칠고 매서워 온몸이 움츠러들며 두려워진다. 그저 속수무책 방안에서 유리창 너머로 윙윙거리며 마당을 휘몰아치다 나무들을 할퀴고 지나가는 바람을 바라볼 뿐, 감히 그 세찬 바람 앞에 맨얼굴을 내밀고 마주할 용기가 나지 않는다.

"이 동네는 눈이 한번 쌓이면 겨우내 눈이 안 녹어. 바람도 골바람이라 소리부터 다르고 엄청 나잖여" 하시던 안쪽 동네 할머니 말씀이 이제야 수긍이 간다.

항상 나뭇가지를 쉼터 삼아 놀던 까치와 박새들도 어디론가 자취를 감췄다. 고양이 나비도 나타나질 않는다. 우리가 이곳에 오는 날이면 어김없이 어디선가 어슬렁거리며 나타나 마당과 우리 주변을 맴돌던 녀석인데 오늘은 보이지를 않는다. 바람이 너무 거칠어 어디 안전한 곳에 피신했나 보다. 녀석들이 무사하기를 바라며 시인 이정하 님의 '바람 속을 걷는 법 2'을 읊조려 본다

바람이 불지 않으면 세상살이가 아니다/ 그래, 산다는 것은 / 바람이 잠자기를 기다리는 게 아니라/ 그 부는 바람에 몸을 맡기는 것이다/ 바람이 약해지는 것을 기다리는 것이 아니라/ 그 바람 속을 헤쳐나가는 것이다/ 두 눈 똑바로 뜨고 지켜볼 것/ 바람이 드셀수록 왜 연은 높이 나는지.

마치 거센 바람을 두려워하며 겁먹고 있는 내게 들려주는 시 같아서 절로 고개가 끄덕여진다. 바람이 불지 않으면 세상살이가 아니라

는 시인의 말처럼 세상을 살아가다 보면 누구나 할 것 없이 온갖 바람을 마주하며 살아가게 된다. 봄 햇살처럼 포근하고 부드러운 바람만 불어온다면 얼마나 좋겠는가. 그러나 녹록지 않은 것이 세상살이다. 거세고 매서운 바람 앞에 서면 두려워 피하고 도망치고 싶은 것이 사람 마음 아니겠는가. 내 삶도 별반 다르지 않았다. 모진 바람이 불어와 마주할 때면 두려움에 피할 수가 있으면 피하거나 숨고 싶었다.

그날도 매서운 바람이 몹시 불었다. 하지만 마음속에서는 더 무서운 바람이 일렁이고 있었다. 친정집에서 나와 일렁이는 바람에 떠밀려 차를 몰다 정신을 차려보니 '초평 호수'가 내려다보이는 벼랑 끝이었다. 나름대로 최선을 다해 살아왔노라고 말해본들 궁색한 변명이었다. 벼랑 끝에 내 삶이 위태롭게 매달려 있었다. 차에서 내려 한참 넋을 놓고 있었다.

얼마나 지났을까. 정신을 차리고 눈을 뜨니 맑은 하늘이 내려다보고 있었다. 자동차 주위를 나비가 날고 있었다. 눈을 비비고 다시 봐도 바람을 헤치고 날아다니고 있는 것은 분명 나비였다. 봄이기는 해도 아직 꽃샘추위가 매서운데 어떻게 버티려는지 나도 모르게 성미 급한 나비의 걱정을 하고 있었다. 내 어깨에 얹힌 짐도 버거운데 피식 헛웃음이 나왔다.

차 안에서는 휴대전화가 계속 울리고 있었다. 엄마의 부재중 전화가 여러 번 찍혀 있었다. 바닥까지 떨어진 가정경제에 밑 빠진

독에 물 붓지 말라는 큰오빠의 따끔한 충고를, 혹시나 견뎌내지 못할까 걱정되어 전화하고, 또 하셨을 것이다. 다시 전화벨이 울렸다. "엄마 언제 와?" 천진난만한 딸들의 목소리에 머리가 차갑게 식었다. 가슴에서 일렁이던 무서운 바람이 잦아들었다.

그 후로 난 내 삶에 불어오는 어떠한 바람도 피하지 않고 절대 도망치지도 않았다. 주저앉고 싶을 때도, 힘에 겨워 포기하고 도망치고 싶을 때도 있었지만, 두 발에 굳건히 힘을 주고 불어오는 바람을 헤치며 의연하게 살아냈다. 두 번 다시 벼랑 끝에 내 삶을 매달고 싶지 않았다.

세상을 살다 보면 누구에게나 거센 바람은 불어오기 마련이다. 그럴 때마다 피하고 도망쳐버린다면 그 삶의 끝은 어찌 될지 무슨 말이 더 필요하랴. 만약 창밖의 저 나무들이 거센 바람을 마주하고 의연하게 대처하지 않았다면 가지가 부러지고 어쩌면 뿌리마저 뽑혀 날아갈 수도 있었으리라.

우리가 살아가는 세상살이도 나무들이 바람을 마주하며 살아내는 이치와 별반 다르지 않으리.

드라이브를 즐기며

손바닥에 감겨오는 바람이 부드럽다. 한 손에는 운전대를 다른 한 손은 차창 밖으로 팔을 쭉 뻗어 손바닥을 펼쳤다 오므렸다 하면서 감겨오는 바람과 놀이를 한다. 손을 움켜쥐면 금방이라도 손안에 가득 잡힐 것 같은 바람이지만 손가락 사이사이 간지럼만 태우고 떠나면 이내 다른 바람이 부드럽게 감겨온다.

바람의 속살거림은 계절마다 다르고, 날마다 다르며, 시간마다 다르다. 눈 오는 날 바람은 쨍하고 뼛속까지 스며 잠자는 영혼을 깨워 흔들 것만 같다. 비가 오는 날의 바람은 청량한 탄산음료 같고, 안개 서린 날에는 은둔자의 냄새가 폴폴 난다.

햇살 좋은 날에는 까르륵 꺅, 웃어대는 아가의 분 냄새가 나는 듯 평화롭다. 날마다 시시각각 다른 모습으로 속살거리는 바람이다. 눈에 보이지도, 그렇다고 손에 잡히지도 않는 자유로운 바람, 그래서 나는 바람이 마냥 좋다. 그리고, 그 자유로움이 부러워 드라이브를 즐기며 바람과 동행을 기꺼이 즐긴다.

운동 신경과 순발력마저 젬병인 내가 운전을 배우고 면허를 손에 쥐기까지는 남편의 공로가 컸다. 하지만 운전을 배운 가장 큰 이유는 흔적 없는 바람이 좋아 바람처럼 자유로워지고 싶어서였는지도 모른다. 처음에는 자동차의 차가움이 주는 두려움이 온몸을 움츠러들게 했다. 주민등록증을 빼고는 유일하게 내 이름 석 자로 된 국가공인자격증, 그것도 순발력 부족과 기계치라고 수동은 얼씬도 못하고 2종 보통 자동 면허증이다.

아무럼은 어떠하랴. 두 발 아닌 네 바퀴로 가고 싶은 곳 어디든 갈 수 있다고 생각하니 마냥 설레기만 했다. 면허증을 받던 첫날, 운전학원 문턱 한번 넘지 않고, 남편의 도움만으로 손에 쥔 면허증이 자랑스러워 큰 도로로 용감하게 차를 끌고 나갔다. 맞은편 차선에서 오는 차가 금방이라도 나를 향해 돌진할 것만 같고, 뒤따라오는 차도 밀려오는 파도가 되어 덮칠 것만 같다. 바짝 따라온다고 투덜거리며 차선 변경은 꿈도 못 꾸고 앞만 보고 달리다 보니 목적지를 그냥 지나쳐 버리고 말았다. 예전에 누군가는 고속도로를 용감하게 탔다가 서울에서 부산까지 갔다고 우스갯소리를 하더니 내가 영락없이 아스팔트 위를 떠도는 섬이 될 뻔했다. 가까스로 갓길에 차를 멈추고 한숨을 돌리고 나니 어릴 적 자전거를 배우던 기억이 떠올랐다.

초등학교 다닐 때였다. 학교에 자전거를 타고 온 친구가 너무 부러웠다. 운동장에서 바람을 가르며 보란 듯 자전거를 타고 달리던 친구가 얼마나 멋지게 보이던지, 그날 이후 나도 자전거를 배우리라 다짐했다. 우리 집에도 오빠들 자전거가 있었으니 가능한 생각이었다. 하지만 덩치도 작은 내게 오빠들의 자전거를 타도록 허락할 엄마가 아니었다.

오빠들과 엄마의 눈을 피해 자전거를 끌고 집을 나섰다. 어디서 그런 용기가 솟아났는지 내 키보다 커다란 자전거를 뒤에서 잡아주는 사람도 없이 혼자 익히느라 며칠 동안 고생을 했다. 온몸이 성한 곳 없이 멍이 들고, 상처를 훈장처럼 달고 난 후에야 자전거를 탈 수 있게 되었다. 페달을 밟아 바퀴를 돌리고 넘어지지 않고 자전거를 탈 수 있게 된 날, 친구처럼 바람을 가르며 운동장을 달렸다. 그때 온몸을 감싼 듯 스치고 지나가는 바람이 그렇게 부드럽고 시원할 수가 없었다.

자전거도 혼자 배운 내가 아니던가. 정신을 차리고 나니 자동차 뒤에 숨기듯 붙인 초보운전 딱지가 보였다. 다시 떼어내 뒤쪽 운전자가 잘 보이는 곳에 붙이니 든든한 방패가 된 듯 위로가 됐다. 그런데도 한동안은 운전하는 일이 주눅이 들고, 차도에 있는 차들이 무서워 바람과의 향연은 감히 엄두도 내지 못했다. 어느 정도 시간이 지난 후에야 도로 위에 있는 차들이 나를 덮칠 것 같은 무서운 존재가 아닌 동질감으로 느껴지고, 차창 밖으로 손도 내밀어 바람의 은밀한 속살거림을 즐길 수 있게 되었다. 내 힘으로 운전하며 가고 싶은 곳을 다니다 보니 드라이브의 매력에 빠져들었다.

운전을 배우고 익히는 일은 세상을 살아내는 사람들의 모습과 많이 닮아있는 듯하다. 갓난아이가 걸음마를 배워 뒤뚱거리며 한발 한발 발자국을 옮겨 놓을 때는, 따끈한 면허를 손에 쥐고 설렘과 두려운 마음으로 차를 초보운전 할 때와 비슷하다. 걸음마를 다 배워 빨리 걷기도 하고 때론 달음박질도 쳐가며 마냥 좋아할 때는 운전이 익숙해져 어디든 갈 수 있다고 자신감이 붙어 갈 때쯤이다. 넘쳐나는 자신감으로 자칫 방심하여 넘어질 때처럼, 사고의 위험성이 가장 높을 때라고, 남편의 쓴소리를 들었던 때도 이 시기였지 싶다.

어쩌면 우리가 살아가는 세상살이도 오랜 시간 온갖 시행착오를 거치며 넘어지면 털고 일어나고, 또다시 넘어져 깊은 상처가 나면 치유하며, 하루하루 삶에 익숙해지는 것이리라.

흔들리며 우뚝 서다

수술실 앞이다. 수술실 앞에서 가슴 졸이며 시간이 흐르기만을 기다린 것이 몇 번째인지 제발 이번이 마지막이기를 기도했다. 오늘은 발목에 박혀 있는 철심을 제거하는 비교적 가벼운 수술임에도 남편이 수술실로 들어가는 순간 손을 모았다.

남편의 오른쪽 다리는 몇 차례 수술한 흉터 때문에 차마 바라보기 어렵다. 조금만 무리해도 퉁퉁 부어오르는데 그런 날에는 유난히 절뚝거렸다. 그 모습에 내 마음도 균형을 잃어 흔들리곤 했다. 혹시라도 남편이 눈치라도 채 의기소침해질까 봐 그동안 애써 태연한 척 했다. 철심을 제거하면 부기도 빠지고 온전히 회복되기를 바라지만 그보다는 덜 아팠으면 좋겠다.

책을 펼쳤다. 무심한 척 책장을 넘겨 보지만 활자가 눈에 들어오지 않는다. 의자에 등을 기대고 눈을 감는다. 사고 후유증으로 울퉁불퉁해진 남편의 다리가 아른거린다. 남편의 다리 위에 느티나무 한 그루도 겹쳐 환영처럼 서 있다. 그날, 공림사에서 나무를 처음 마주했을 때 멈칫 움직일 수가 없었다. 옹이들로 뒤덮인 나무둥치의 모습이 어디서 많이 본 듯, 너무도 익숙한 모습이었다. 그랬다. 느티나무의 둥치는 남편의 울퉁불퉁한 발목과 묘하게 닮아있었다. 나무의 움푹 파인 흔적은 수술 자국을 보는 듯했고, 나무가 입고 있는 검푸른 이끼 옷은, 흉터 때문에 거칠어진 다리 피부와 흡사했다. 나도 모르게 나무둥치의 옹이들을 어루만지고 있었다. 손끝이 떨리며 칼날에 베인 듯 명치끝이 아려왔다. 눈두덩이 뜨거워지며 눈물이 쉼 없이 옹이 위로 떨어지고 있었다.

나무 아래 표지석에는 느티나무가 천 년 이상을 살고 있다고 기록되어 있다. 한자리에 오랜 세월을 살아온 나무가 경이롭다. 가늠도 안 되는 세월 얼마나 고되고 힘들었을까. 천만다행인 것은 나무가 서 있는 자리였다. 사람들이 들고나는 천년고찰 마당이라는 것과 너럭바위가 호위하듯 나무와 함께 의지하고 있는 모습이었다. 나무가 바위를 등에 업은 듯, 어찌 보면 바위가 나무를 품에 안고 있는 듯한 모습이 신기하기도 하고 정겨워 보였다. 긴 세월 서로에게 친구가 되어주어 외롭지만은 않았겠다 싶어서 다행이었다. 만약 허허로운 벌판이었거나 척박한 곳에 나무만 덩그러니 서 있었더라면, 아마도 나는 제풀에 서러워 나무 아래 주저앉았을지도 모른다. 그날, 나무가 살아온 길고 긴 시간에 우리 부부가 살아온 짧은 시간을 덧대어 보니 흔들리고 두려웠던 마음이 눈 녹듯 사라졌다.

남편이 수술을 마치고 무사히 회복실에서 나왔다. 수척해진 모습으로 피식 웃는다. 예전 수술할 때와는 사뭇 다른 표정이다. 아무래도 사고당하고 난 직후에 수술할 때와는 달리 마음의 부담이 한결 덜해서일 터였다. 나 역시도 예전보다는 한결 가볍다. 다시는 떠올리고 싶지도 않을뿐더러 기억에서 지울 수만 있다면 지워버리고 싶은 사고들이었다.

남편의 다리는 수난의 연속이었다. 공교롭게도 다섯 번씩이나 오른쪽 다리만 다쳤다. 온전하게 걸어 다니는 것만으로도 기적이라 할만하다. 매번 수술하고, 채 완쾌가 되기 전에 다시 배달 오토바이를 타야 하는 남편을 바라보는 일은 참담했다. 당장 가게를 접고 오토바이를 타지 않아도 되는 일을 하고 싶었지만 그만두자는 말을 차마 입 밖으로 내지 못했다. 빚도 갚아야 했고 자식들에게는 무책임한 부모가 되고 싶지 않아서였다. 무엇보다 안정적인 가게를 접고 새로운 일에 도전해 또다시 휘둘릴 자신도 없거니와 용기도 없었다.

그동안 저녁이면 심하게 부어오른 다리 때문에 고통스러워하는 남편을 바라보는 일도, 모른 척 외면하는 일도 괴롭기는 마찬가지였다. 혹시라도 흔들리는 마음을 알아챌까 더 아무렇지도 않은 척 남편을 바라보며 살아왔다. 오토바이 타기가 무섭다는 남편에게 "여보 우리 그만두고 이제는 다른 것 합시다."라고 왜 단 한 번도 하지 못하는지 이기적인 내가 잔인하게 느껴져 고통스러웠다. 남편에게 미안한 마음 때문인지 어느 날부터 다리의 흉터를 바라보면 날카로운 칼날에 베인 듯 아릿아릿 명치에 통증이 일었다. 내 마음에도 생채기가 난 모양이었다.

붕대를 감고 누워있는 남편의 다리에서 느티나무의 둥치가 다시 아른거린다. 나무는 인고의 세월을 보내며 세찬 폭풍우에 나뭇가지가 우지끈 부러지는 일은 다반사였을 터이고, 매서운 추위도 묵묵히 견뎌냈으리라. 어디 그뿐이겠는가. 때로는 벌레들이 제 몸을 갉아먹어도 오롯이 감내했을 것이다. 어쩌면 가끔 절을 찾아오는 많은 사람의 간절한 기도는 하루하루를 살아가는 데 힘이 되었을지도 모른다.

나무의 깊은 상처와 옹이는 인고의 세월이 켜켜이 쌓인 아름다운 흔적임이 분명하다. 남편의 울퉁불퉁한 흉터도 그러하다. 우리 가족에게는 아픔인 동시에 아름다운 흔적이다. 남편은 사고를 당할 때마다 얼마나 가게를 그만두고 싶었을까. 가장의 무게를 견디며 어쩔 수 없이 오토바이에 몸을 실어야 했으니 무섭고 두려움에 얼마나 흔들렸겠는가.

살아 있는 것은 흔들리면서/ 튼튼한 줄기를 얻고/ 잎은 흔들려서 스스로/살아 있는 몸인 것을 증명한다

— 오규원 『살아 있는 것은 흔들리면서』

느티나무가 천년 인고의 세월 흔들리며 살아 있음을 증명하듯 남편 또한 녹록지 않았던 시련들을 감내하며 흔들릴지언정 포기하지

않고 살아있음을 증명하며 살아내고 있다. 시인의 말대로 바람은 오늘도 불고, 내일도 불어올 것이다. 그 바람이 감내하기 힘든 폭풍우일 때도 있을 터이고, 때로는 살을 에는 칼바람일 수도 있다. 혹여 또다시 상처를 입어 흔들릴지라도 남편은 피하지 않고 우뚝 서서 증명하리라. 살아있음을.

거리두기

"다육식물은 독해야 잘 기릅니다"

꽃집 주인이 알려주는 다육식물을 잘 기르는 방법이란다. 의아해 돌아서는 나에게 거리두기를 잘해야 식물도 좋아하고 곁을 내어준다고 했다. 집으로 돌아오는 내내 거리두기를 잘해야 한다는 그녀의 말이 죽비가 되어 머릿속을 맴돌았다.

우리 집 베란다에는 초록 식물들이 가득하다. 여기저기서 얻어오기도 하고, 가끔은 내 손으로 직접 사들인 것들로 각각의 사연들을 지니고 있다.

관음죽은 작은아이가 태어나던 해 친구에게 축하 선물로 받았다. 한 뼘 정도였던 관음죽은 아이와 함께 무럭무럭 자랐다. 지금은 식구 수를 늘려 커다란 화분을 가득 채우고 푸른 기운을 맘껏 뽐낸다. 어쩌다 잎이 시들고 생기가 없어 보일 때면, 아이도 혹여 어디가 아픈 것은 아닌지 더 눈길이 머물고 신경이 쓰이는 녀석이다. 이십여 년을 훌쩍 넘겨 나이배기인 행운목은 어느 추운 겨울날, 눈길

위에 버려진 것이 안타까워 집으로 가져와 뿌리를 내려 심었다. 그런 행운목이 저를 구해준 보답이라도 하려는 듯 쑥쑥 자라더니 2년을 내리 꽃을 피웠다. 덕분에 온 가족이 귀한 꽃과 향기를 즐기며 호사를 누렸다.

식물 가꾸는 일은 나의 일상이 되었다. 잎이 넓은 것은 넓은 대로 시원해서 좋고, 뾰쪽한 가시가 온몸에 가득한 선인장은 사막에서의 강인한 생명력을 보는 듯 경이롭다. 얼마 전부터 들이기 시작한 다육식물들은 올망졸망한 것이 앙증맞고 정겨워 보여 요즘 내 사랑을 가장 많이 받는 중이다. 지금은 웬만하면 죽이지 않고 잘 기르지만, 처음부터 화초를 잘 키운 것은 아니었다.

화초를 하나둘씩 기르기 시작해 재미를 붙일 때쯤이었다. 가지에 새싹이 돋아 꽃이 피어나는 모습이 마냥 신기했다. 너무 예뻐 시도 때도 없이 들여다보며 먼지를 닦아주고 물을 듬뿍듬뿍 주었다. 내 정성에 화답이라도 하듯 화초는 쑥쑥 자라 주었다. 어느 날부터인지 싱그럽게 푸르던 잎들이 시들시들 말라가기 시작하더니 누레졌다. 활짝 피웠던 꽃들과 꽃 몽우리들이 채 피지도 못한 채 맥없이 떨어졌다. 속상해서 화분을 쏟아보면 어김없이 뿌리가 썩거나 줄기가 짓물러 있는 게 다반사였다.

식물의 성질을 알아보지도 않고 기분 내키는 대로 물을 너무 자주 주었던 탓이다. 사막식물인 선인장에 흙이 마를 새도 없이 물을 주고, 난 종류도 마찬가지였다. 주인을 잘못 만난 탓에 애꿎은 화초들만 수난을 당한 셈이다. 내 딴에는 틈만 나면 물을 주고, 잎을 닦아 주는 일이 화초를 잘 기르는 방법이라고 생각했다. 물을 듬뿍 줄 때마다 튼실하게 자라지 못하고 웃자라기만 하는 것을, 잘 자라는 줄 착각했다. 보이지 않는 흙 속에서 뿌리가 썩어들어가고 있다고 질러대는 비명을 듣지 못했다. 꽃집의 그녀가 말한 거리두기가 무엇 인지 알지 못했다.

수많은 시행착오를 겪고 난 후, 방법을 터득한 것이 도움이 되었 는지 요즘 베란다는 싱그러운 초록 향연이다. 예쁘고 사랑스럽다 해서 지나친 관심과 절제 못 하는 사랑은 결코 좋은 결과를 얻을 수 없다는 것을 거리두기를 하며 알았다. 헤아려보면 거리두기는 화초를 기르는 일에 꼭 필요한 일이기도 하지만, 사람과 사람과의 관계에서 더 필요한 일인 듯싶다. 너무 가까워 허물없이 지내다 보 면 실수하게 되고, 너무 무심하면 서로의 소중함을 느낄 수 없어 소원해질 것이다. 지나치거나 모자람 없이 감정을 잘 다스리는 일이 쉬운듯하지만 사람 관계에서는 가장 어려운 일이다.

회사 다닐 때였다. 하루라도 못 보면 서운할 만큼 정다운 벗이 있었다. 그때는 눈빛만 봐도 서로의 마음을 알 수 있다고 생각했다. 어느 날 그 친구가 슬픈 가정사를 이야기하며 서럽게 울었다. 안타 깝고 측은한 마음에 그날 이후 난 보호자라도 된 것처럼 행동했다. 간섭이 지나쳤을까. 그녀가 나를 멀리하기 시작했다. 나 역시도 마 음을 몰라주는 것 같아 서운함에 친구를 외면했다. 시도 때도 없이 배려한다고 한 나의 행동들이, 그녀를 더 힘들게 하고 지치게 했던 모양이다. 만약 그때 거리두기를 알아 지혜롭게 행동했었더라면, 소중한 벗을 잃지는 않았을 것이다.

처음 거리두기란 말을 들었을 때 냉정하고 이기적인 마음이라 생각했다. 식물들을 기르면서 애지중지하던 화초를 화분에서 뽑아낼 때 심정과 친구를 떠나게 했던 아픈 기억을 떠올린다. 어쩌면 나는 친구를 향한 지나친 간섭과 행동을 사랑이란 이름으로 포장하려 했는지 모른다.

거리두기란 결코 관계를 멀리하라는 뜻이 아니다. 거리두기의 그 거리는 서로를 잘 바라볼 수 있고, 생각할 시간을 가질 수 있는 틈이며 공간이다. 그 공간에서 진정한 마음으로 상대를 바라보며 지혜롭게 세상을 살아가라는, 깊은 뜻이 담겨 있음을 나이 들어 조금씩 알아간다. 그런데도 여전히 지혜로운 거리두기를 하며 잘 살아가고 있는지 자신은 없다.

코로나 시대를 살아내며

올해도 며칠 남지 않았다. 설렁설렁 살아온 지나버린 하루하루가 아쉽고 후회되는, 12월은 그런 달이다. 12월, 마지막 달, 저물어가는 한 해, 그리고, 마무리라고 중얼거리다가 느닷없는 통증에 멈칫한다. 코로나 시대를 살아가고 있는 현실을 통증이 흔들어 깨운다. 어젯밤부터 열이 오르락내리락, 으슬으슬 춥다가 식은땀이 흘렀다. 뼈마디마다 욱신거리는 느낌과 통증 때문에 잠을 이룰 수가 없어서 밤새 뒤척이며 끙끙 앓았다. 통증은 코로나19 백신접종만 하면 내 몸에 찾아오는 불청객이다.

꼬박 하루 반나절을 통증에 휘둘리고 나서야 통증이 잦아들었다. 아플 때는 아무 일도, 아무 생각도 할 수 없더니 통증에서 벗어나고 나니 그제야 몸이 움직여지고 수많은 생각들이 떠오른다. 언제쯤 자유롭게 돌아다닐 수 있는 날들이 찾아오려나. 덩그러니 남은 한 장의 달력이 엷은 바람에도 힘없이 흔들린다. 달력을 바라보며 올해 마무리는 잘하고 있는지, 꼭 해야 할 일을 빠트린 것은 없는지 더듬어본다.

　얼마 전 올해 마무리해야 할 일 중 하나인 텃밭 정리를 했다. 코로나 시대를 살면서 쉬어家의 텃밭은 우리 부부의 숨통을 틔워주는 산소통 같은 장소였다. 계절, 계절을 맞이하고 보내며 때때로 힘에 겨워 숨이 가쁘기도 했다. 정말 다행인 것은 마스크를 벗고 온전하게 숨 쉴 텃밭이 있어 올 일 년도 견딜 만했다는 것이다.

　앙상해진 마른 고춧대와 가지 나무, 토마토를 뽑아내며 미안한 마음에 고개를 숙였다. 그동안 우리 가족 입과 마음을 즐겁게 해준 것들이었다. 오로지 무공해 채소를 먹겠다고 병충해에 시달리는 것을 보면서도 약 한번 쳐주지 않았다. 그저 바라보며 견뎌내고 이겨내 주기만을 바랐다. 얼마나 지독한 이기심인지 내년에는 천연 농약 만드는 법을 배워서라도 나의 지독한 이기심을 덜어 내 보리라.

　코로나 시대를 살아내면서 시간이 지나면 괜찮아지리라 희망으로 버텨낸 날들이었다. 1차 예방접종 때는 두려움에 휴대전화를 들여다보며 밤을 새워가며 간신히 접수했다. '접수 완료' 문자를 보며 온 가족이 복권이라도 당첨된 듯 얼마나 뿌듯해했었던가. 되도록 빨리 예방접종을 하면 전염병의 두려움에서 한 걸음 뒤로 멀어지리란 설렘 때문이었다. 2차 예방접종을 하고 난 후에는 극심한 통증에 고통스러워 두 번 다시는 예방접종을 할 수 없을 것 같은 심정이었다. 설렘과 걱정이 두려움과 공포로 바뀌는 시기였다. 그런데도 3차 접종 안내를 받고 주저 없이 병원을 찾았다. 3차 예방접종도 12월 마무리해야 할 일 중 하나였고, 많은 사람을 접촉해야 하는 직업이니 망설여서는 안 될 일이었다. 설령 극심한 통증과 후유증으로 고생을 또 하더라도 다른 누군가에게 민폐를 끼치는 일은 그보다 더 심한 고통을 스스로 끌어안는 일이기 때문이었다.

12월이 저물기 전에 텃밭 정리와 집안 묵은 짐들을 정리했다. 밤새 통증 때문에 고생했지만, 3차 예방접종도 무사히 끝냈다. 며칠 전에는 양파망에서 깊은 잠을 자고 있던 원종 튤립과 수선화 알뿌리를 꽃밭에 심어놓고 왔다. 부디 춥고 긴 겨울을 잘 이겨내리라 믿으며 토닥토닥 흙을 덮어주고 비닐 이불을 덮어주었다. 이제 튤립은 땅속에서 깊은 겨울잠을 자고 난 후에 봄이면 새싹을 올리고 예쁜 꽃을 피워 나에게 기쁨을 선물할 것이다.

이제는 마음속에 앙금처럼 남아있는 것들을 마무리할 차례다. 가게를 한다는 이유로, 코로나19와 바쁘다는 핑계로, 소원했던 지인에게 12월이 막을 내리기 전에 전화로라도 안부를 물어야겠다. 지금은 모두가 춥고 어두운 터널을 통과하는 시기이지만 따뜻하고 꽃 피는 봄날은 반드시 다시 찾아오리라. 힘들고, 두렵고, 외로워도, 조금만 더 견디고 이겨내자고.

풍경 넋두리

휴일이다. 오늘은 어떠한 일을 하지도, 벌이지도 않고 온종일 한 가로이 보낼 생각이었다. 그런데 늘 분주하게 살아왔던 생활이 몸에 배어 버렸는지 소파에서 뒹굴뒹굴하며 텔레비전을 보는 것도 싫증이 나고, 책을 읽는데도 눈에 들어오지 않는다. 노트북을 켜고 원고를 퇴고하려 해도 그마저도 집중이 되지 않는다. 이럴 땐 마음이 시키는 대로 몸을 움직여 주는 것이 자신에 대한 예의일 터, 노트북을 닫고 일어섰다. 이도 저도 안 되면 차를 마시며 베란다 정원 탁자에 앉아 바깥 풍경 감상이나 해볼 요량이다. 가끔 즐기는 풍경 멍때리기이다.

전기주전자에 물을 끓이며 커피와 꽃차를 두고 잠시 갈등한다. 꽃차를 배우게 되면서 생겨버린 행동이다. 아무래도 커피의 향과 맛도 몸에 배어 버린 모양이다. 아침을 먹고 난 후 남편과 마시는 달콤한 인스턴트커피 한잔은 찰나의 행복지수를 높여주는 듯 즐겁고, 가끔 원두 내릴 때 거실에 퍼지는 은은한 커피 향은 매혹적이며 감미롭다. 무더운 날, 얼음 가득 품은 아메리카노 한잔은 무슨 말이 더 필요하랴. 커피의 유혹은 매번 강력하게 날 끌어당기지만, 오늘의 선택은 꽃차다. 그동안 덖어놓은 꽃차 중에 도라지꽃을 유리 다관에 넣고 뜨거운 물을 붓는다. 차를 우릴 때마다 맑은 물에 서서히 번져가는 차의 빛깔을 바라보면 마음이 고요해지고 평화로워진다. 미리 얼음을 담아 놓은 컵에 차를 가득 붓고, 더불어 고요해진 마음도 듬뿍 담아 베란다 정원으로 나간다.

오늘은 우러난 찻물이 파란 하늘을 품었다.

의자에 앉아 몸을 살짝 틀어 우암산이 보이는 왼쪽으로 자리를 잡고 앉았다. 14층 아파트 베란다에서 바라보는 밖의 풍경은 변함없는 것 같지만 늘 새롭고 흥미롭다. 발을 땅을 디디고 바라보는 세상과는 느낌도 사뭇 다르다. 불과 몇 년 전까지만 해도 정면으로 보이는 시내 풍경은 정겹고 편안했다. 그 정겨움과 편안함을 깨트린 건 시멘트 기둥 두 개를 하늘 높이 우뚝 세워 놓은 듯한 고층 아파트가 들어서고부터였다. 멀리 바라볼 수 있는 시야가 중간에 툭 하고, 끊어지며 길을 잃어버린 느낌이랄까. 고만고만한 건물들 사이에 주변과 조화를 외면하는 듯 아파트 건물은 주변 어떠한 건물들과도 어울리지 않고 생뚱맞다. 마치 다른 사람들과의 상생도 거부하는 강력한 몸짓 같아 보인다. 오른쪽으로 고개를 돌려보아도 시내와 별반 다를 것 없이 경쟁하듯 점점 더 높이 올라가는 콘크리트 숲이다.

아파트에 둥지를 튼 지 십 년이 되었다. 처음 아파트로 이사할 엄두를 못 내고 고민할 때, 결심하게 해준 것도 베란다에서 바라볼 수 있는 밖의 풍경이었다. 우암산이 보여주는 계절마다 다른 모습은 언제나 새로운 그림을 감상하는 것 같았다. 변해가는 도심 풍경을 관람료 한 푼 내지 않고 십 년 동안 공짜로 감상하는 혜택도 누렸으니 무얼 더 바라겠는가.

그런데도 시내 풍경을 바라볼 때마다 아쉽고 주변과의 부조화인 높은 건물이 안타깝게 느껴지는 것은, 어쩌면 내가 누렸던 것에 대한 상실감에서 오는 이기심일지도 모른다. 땅이 좁은 나라에서 어쩔 수 없이 건물을 높게 지을 수밖에 없었다면 최소한 주변 환경과 조화를 어느 정도 헤아려 지었으면 어땠을까.

사계절 변화를 뚜렷하게 보여주는 산을 날마다 바라볼 수 있다는 것은 모두에게 커다란 행운일 것이다. 정말 다행스러운 것은 건물이 높아진들 아직은 우암산을 가리지는 못한다는 사실이다. 하지만 인간들의 욕구와 이기심으로 인해 언젠가는 산을 가릴만한 높은 콘크리트 구조물이 생겨날지도 모를 일이다. 생각만으로도 참 씁쓸해진다.

우암산은 소가 누워있는 형상이라고 한다. 정말 소가 누워 산 아래를 바라보고 있다면 조화롭지 못한 도시풍경에 씁쓸하다 되새김질하고 있지 않을까.

쉬엄쉬엄

　장화를 벗었다. 맨살에 닿는 흙의 느낌이 낯설어 발바닥이 긴장
한다. 한 걸음, 한 걸음, 발을 내디뎌 꽃길로 들어섰다. 꽃길이라고
해봐야 아직은 볼품도 없고 군데군데 피어 있는 봉숭아와 분꽃 채송
화가 명색이 꽃길의 체면치레를 해주는 정도다. 작은 돌멩이들이
발바닥에 밟히며 자그락거린다. 움찔움찔 미세한 고통이 전신으로
흐른다. 잠시 멈춰 장화를 도로 신을까 고민하다 다시 한 발을 내디
뎌본다. 이번에는 좀 더 큰 돌멩이를 밟았는지 나도 모르게 비명이
터져 나왔다. 그렇게 한참을 꽃길을 쉬엄쉬엄 왔다 갔다 걷다 보니
요령도 생기고 돌멩이를 밟아도 견딜 만해지고 평온해진다.
　텃밭을 가꾸기 시작했을 때 제일 먼저 장터에서 만 원을 주고 산
빨간 장화였다. 풀숲을 헤치고 다니기에는 장화만 한 것이 없다는
소리를 누군가에게서 들었기 때문이다. 텃밭이나 편백나무를 심은
언덕을 장화를 신고 다녀보니 혹시나 뱀이나 벌레들이 있을까 봐
두리번거리며 주저했던 마음이 사라지고 편안해졌다 그 이후로 밭

으로 나갈 때면 으레 장화부터 찾아 신었다. 무엇보다 두려움 없이 온 밭을 누비고 다닐 수 있어서 좋았다. 장화는 내 발에 날개를 달아 준 격이었다.

장화를 꽃길에서만은 벗었다.

남편은 농막을 짓고 편백나무가 심어진 언덕 위 끝자락에 오솔길처럼 길을 내더니 양쪽으로 작은 돌들을 쌓아 보기 좋게 만들었다. 그러더니 좋아하는 꽃을 마음대로 심으라며 세상에 아내에게 꽃길을 선물하는 남편은 자기밖에 없을 거라며 큰소리를 쳤다. 더불어 앞으로는 꽃길만 걸으며 쉬엄쉬엄 살아보잔다.

‘쉬엄쉬엄’은 최근 들어 내가 주변 사람들에게 가장 많이 듣는 말이었다. 그들은 한마음인 양 그동안 열심히 살았으니 이젠 쉬엄쉬엄 해도 된다고 했다. 어쩌면 ‘쉬엄쉬엄’은 열심히 살아온 이들이 듣고 누릴 수 있는 최고의 찬사가 아닐까 싶기도 했다. 몸으로 일하는 노동의 강도를 낮추고, 늘 아등바등하며 쫓기듯 살아온 마음의 부담도 덜어내고, 그 누구도 아닌 자신만을 위해 살아가도 된다는 또 다른 의미이기도 할 터였다.

그런데 요즘 우리 부부는 몸으로 하는 일이 오히려 많아졌다. 농막을 ‘쉬어家’라고 이름 지은 게 무색할 만큼 일하고 있다. 꽃을 심고, 온갖 채소 씨앗을 뿌리고, 잡초를 뽑아내고 베어내느라 더 바쁜 시간을 보내는 중이다. 그런데도 오히려 몸과 마음은 날아갈 듯 가벼워지는 신기한 경험을 즐기고 있다.

'쉬엄쉬엄'의 의미는 결코 거창한 게 아니다. 장화를 벗고 꽃길을 맨발로 걸으며 발에 밟히는 돌멩이들과 흙이 들려주는 이야기를 귀 기울여 듣는 것이다. 땅의 숨소리에 마음을 열고, 땀 흘려 일하고도 날아갈 듯 가벼움과 즐거움을 만끽하는 것이다. 무엇보다 진정한 의미의 "쉬엄쉬엄"은 하고 싶은 일을 하며 평화로움에 몸을 맡기는 것이다.

자발적 고립

　지인의 표현을 빌리자면 나는 지금 고립 중이다. 그 말을 듣고 보니 얼마 전 친구에게 무안을 당한 일이 떠오른다. 그때도 발단은 휴대전화 때문이었다. 요즘 어떤 세상인데 오 년 동안 똑같은 핸드폰을 사용하냐며 목소리를 높였다. 그녀는 스마트폰으로 바꾸고 나니 새로운 세상에 발을 들여놓은 것처럼 신기하다고 했다. 손안에 세상을 쥐고 다니는 것처럼 심심하지도, 지루할 새도 없다며 스마트폰을 예찬했다. 그날 스마트폰 세상을 알 리 없는 나는 영락없이 시대에 뒤처진 사람이 되고 말았다.

　씁쓸한 마음으로 세상으로부터 나를 고립시켰다는 내 전화를 살펴보았다. 오랜 시간 함께한 흔적들이 고스란히 남아있다. 손안에 물건을 쥐면 엄지손가락을 문지르는 습관 때문에 한곳이 유난히 닳아 칠이 벗겨진 흔적과, 여기저기 긁힌 자국들이 보인다. 묵은 티를 내느라 가끔은 통화 중에 전화가 끊어지기도 하고, 가끔은 화면이 검게 변해 기능을 알아볼 수 없어 난감할 때도 있다. 그래도 친구가 주장하는 새로운 세상에 발을 들여놓을 엄두는 나지 않는다. 주변 사람들은 고립된 상황에서 벗어나면 새로운 경험을 하게 될 거라며 이번 기회에 바꾸라고 달콤한 말로 회유한다. 그러나 아직은 상황을 즐기고 싶을 뿐 그들의 회유와 종용에 동조할 생각이 없다.

하루가 멀다고 빠르게 변화하는 세상이다. 이런 빠른 세상에 동승 하지 못하는 내가 답답한지 친구는 쓸데없는 고집이라며 말끝마다 시대에 덜떨어진 사람 취급이다.

덩달아 스마트폰 세상에 무임승차 시켜주겠노라고 수시로 광고 전화도 온다. 생면부지인 나에게 각종 부가서비스를 제공하겠다며 덤으로 상품권까지 얹어 주겠다고 큰소리다. 덤까지 얹어 주겠다고 사정까지 하니 요지경인 세상이다. 어디 요지경인 일이 이뿐이겠는가.

거리를 다니는 사람들이 대부분 손에 든 스마트폰을 들여다보며 걷는다. 앞뒤에서 차가 오거나 말거나 그들의 눈에는 보이지 않는다. 그러니 위험해도 피해줄 생각을 하지 못하는 것이다. 가족들과의 식사 자리에서도 별반 다르지 않은가 보다. 휴대전화를 연신 들여다보는 자식들과 눈 맞추고 이야기해 본지가 언제인지 모른다며 푸념을 하는 사람들을 종종 만난다. 심지어 운전 중에도 스마트폰으로 게임을 한다고 하니 아마 그런 사람들은 목숨 줄을 여러 개 지니고 사는가 보다.

목숨이 왔다 갔다 위험천만해도, 가족들과 대화가 단절되어도,

현시대를 살아가려면 스마트폰은 필수라고 목소리를 높인다. 그 높아진 목소리에 부흥이라도 하듯 한층 업그레이드된 새로운 제품들을 만들어내고 있다.

얼마 전이다. 남편이 라디오에서 들었다며 황당한 이야기를 들려준다. 신혼여행을 하고 온 부부에게 여행 동안 무엇을 했는지 물었다고 한다. 그들은 호텔 방에서 스마트폰으로 각자 게임만 하다 왔다고 하더란다. 신혼여행은 새로운 출발을 위한 의미 있는 여행이라 비싼 돈 들여 외국까지 갔을 것이다. 그런데도 작은 기기에 묶여 아까운 돈과 시간만 낭비하고 온 셈이다. 씁쓸하기도 하고 그녀들의 앞날이 걱정되기도 했다.

사람들은 스마트폰 안에 많은 정보가 들어 있다고 한다. 물론 그들의 주장에도 일리는 있다. 손가락 터치만으로 각종 정보를 공유할 수 있고, 여러 가지 편리한 기능들을 지니고 있음을 부정하지는 않는다. 적절하게 활용만 잘한다면 스마트폰만큼 유용한 기기가 있을까 싶기도 하다. 그러나 알고 있을까. 스마트폰에 들어 있는 세상에 빠져 살다가 더 큰 세상인 사람들 사는 세상으로부터 멀어지고 있다는 것을, 어쩌면 그들이 말하는 편리함이 자신을 스스로 세상으로부터 단절시키는 함정이 될 수도 있다는 것을.

나는 자발적 고립을 선택했다. 거기에는 분명한 이유가 있다. 기계치인 나는 휴대전화뿐만 아니라 새로운 물건에 대해서 경계가 심한 편이다. 이미 익숙해진 기능들을 버리고 새로운 것에 대한 기능들을 또다시 익히느라 전전긍긍하는 것이 싫다. 무엇보다 손바닥만한 물건의 노예가 되어 버릴 것 같은 기분도 썩 유쾌하지는 않다. 하지만 가장 큰 이유는 지금의 고립이 결코 불편하거나 외롭지 않다는 것이다. 설령 스마트폰이 세상의 많은 정보와 유익함을 준다 한들 사람과 사람이 만나 살갑게 정을 나누며 살아가는 것보다 유익하겠는가. 사람의 따스한 마음과 눈빛은 결코 차가운 기기가 대신 하지 못하리라.

지인이 내게 말하려던 고립은 어떤 의미일지 헤아려본다. 누구나 할 것 없이 바쁘게 살아가고 있다고 해도 과언은 아닌 세상이다. 그런 바쁜 세상을 살아가려면 필요한 정보를 빠르고 쉽게 찾아낼 수 있는 스마트폰의 편리함을 알려주고 싶었을 것이다. 사리 판단 분명한 그가 사회적인 이슈로 대두되고 있는 스마트폰의 문제를 모를 리 없을 테니 말이다.

친구에게 시대에 덜 떨어진 사람대접을 받아도 아직은 내 낡은 휴대전화가 좋다. 시시때때로 '카톡카톡' 외쳐대는 소리에 정신 팔려 오랜만에 만난 나는 안중에도 없는 친구가 야속하지만, 마냥 탓할 수만은 없다. 나도 언젠가는 친구가 말하는 새로운 세상에 발을 들여놓을 것이 불을 보듯 훤하기 때문이다. 마음은 이미 통화 중에 수시로 꺼지는 전화 때문에 흔들리고 있음을 부인할 수가 없다. 하지만 지금의 자발적 고립을 왜 선택했는지 잊지 않으려 한다.

김장 김치를 담그며

　드디어 끝이 났다. 김치냉장고에 김치를 채우고 나니 곳간을 가득 채운 듯 마음이 홀가분하고 풍요롭다. 앞으로 일 년은 김치 걱정은 하지 않아도 될 테니 저절로 콧노래가 나온다. 올해는 유난히 배춧잎이 부드럽고 달콤하다. 셋째 오빠와 엄마가 뒷골 비탈밭을 오르내리며 가꾸느라 애를 쓴 덕분이다.

　해마다 김장철이 다가오면 시작하기 전부터 몸과 마음은 이미 소금에 절인 배추처럼 늘어지곤 한다. 여러 집이 먹을 김치이다 보니 수백 포기나 되는 배추를 다듬고, 절이고, 씻어 버무리는 일이 힘에 부쳐 지레 겁이 나기 때문이다. 다른 집은 이틀이면 끝낼 일을 우리 집은 사흘씩 걸리는 이유이다.

　첫날, 물에 소금을 풀어 초벌절임하고, 많은 배추를 뒤집어 가며 할 수 없어 둘째 날에는 배추를 씻으면서 덜 절여진 배추에 웃소금을 살짝 뿌려놓는다. 셋째 날은 소금물에 건져 물기를 뺀 배추를 버무려 각자 가져다 놓은 김치 통에 채워 마당 들마루에 쌓아놓으면 배추와의 한바탕 씨름은 막을 내린다.

들마루에 올려놓고 보니 그 양이 어마어마하다. 그중에 유독 눈에 띄는 커다란 김치 통이 있다. 우리 가족 보물이다. 김장하는 내내 구석진 자리에 놓아도 한눈에 보여 오고 가는 사람들의 눈총을 받는 김치 통이다. "이 집은 일 년 내내 김치만 먹고 사나 보네. 엄청나구먼." 하며 한마디씩 한다.

아무럼은 어떠하랴. 김치는 우리 살림이 곤궁하던 시절, 우리 집 밥상을 차리는데 궁색을 면하게 해준 일등 공신이었음을 알 리 없을 터였다. 그 시절 김치로 할 수 있는 요리 가짓수가 그렇게 많을 줄을 미처 알지 못했다. 우리 집은 김치가 빠진 밥상은 생각할 수도 없다. 김칫국을 유난히 좋아하는 남편, 김치볶음밥 타령을 수시로 하는 막내딸, 김치찌개를 잘 먹는 큰아이 때문이다. 나도 김치로 한 음식은 싫증을 내지 않는다. 김장할 때마다 주변 사람들한테 김치만 먹고 사냐며 타박 아닌 타박을 들어도, 김장을 하는 일이 아무리 버겁고 힘들어도, 가족들이 일 년 동안 먹을 양식이고 우리 밥상을 빛나게 해준 김장 김치이니 포기할 수 없는 일 아니겠는가.

남편은 금방 버무린 풋내 나는 김치를 갓 지은 하얀 쌀밥에 올려 먹는 것을 무척이나 좋아한다. 다른 반찬은 필요 없다. 김치 밑동만 잘라 손으로 죽죽 찢어주면 그만이다. 그렇게 며칠 동안 배추 풋내를 즐기다가 잠시 김치를 소 닭 보듯 한다. 김치가 통 안에서 잔치를 벌이는 때가 되었다는 신호다. 소금에 절여져 한풀 꺾인 배추에 갖가지 양념을 섞어 버무려 놓았으니 그것들도 어우렁더우렁 서로를 확인하고 서로를 품어 줄 시간이 필요한 것이다. 남의 잔치에 재를 뿌릴 수는 없지 않겠는가. 남편이 유일하게 김치를 멀리하는 때다. 그렇게 거리를 두며 통 안에서 어울림 잔치가 끝나기를 기다린다.

남편이 이번에는 김칫국 타령이다. 매번 김치만 넣고 끓이기가 싫증 나면 콩나물을 넣기도 하고, 무, 황태, 호박고지까지 돌아가며 곁들여 끓여낸다. 그러면 "역시 김칫국이 최고야" 하며 한 대접 뚝딱이다. 신기한 것은 다른 어떤 재료와 섞어 음식을 해도 밀어내는 법이 없는 것이 김장 김치이다.

김장할 때는 여전히 힘들다고 궁시렁궁시렁 거린다. 하지만 단 한 번도 김치를 사 먹거나 김장을 거를 궁리는 하지 않았다. 그건 아마도 배추가 결기를 지키며 온갖 양념들을 품어 삭히는 그 시간이 경이롭기도 하고 곤궁했던 시절 우리 밥상을 서럽지 않게 해준 김치가 고마워서이다. 올해도 변함없이 투덜거리며 했지만, 그조차도 김치는 맛있게 버무려 삭혀 주리라.

배추는 소금물에 절여져도 그 결기를 지키고, 매운 고춧가루와 갖가지 양념에 버무려져도 거부하지 않는다. 오히려 여러 종류의 양념들을 겹겹이 품어 삭이고 삭혀 깊은 맛을 내 사람들의 입맛을 즐겁게 한다. 풋내가 나면 풋내 나는 대로 맛을 내고, 익으면 익어가는 만큼 맛을 내는 김치를 좋아하지 않을 수가 없다. 아마도 김치를 사람에 비교한다면 한없이 너른 품을 지닌 속정 깊고 따듯한 심성을 가진 사람이리라. 나도 그런 사람이 되고 싶다.

쉰아홉 젊은 아가씨

수술을 마치고 병실로 돌아왔다. 통증으로 인한 고통 때문에 나도 모르게 끙끙 앓는 소리가 요란했었나 보다.

"아이고 어쩐댜. 어쩌다가 젊은 아가씨가 뼈를 부러트려 이 고생을 하는겨" 할머니들이 혀를 끌끌 차시며 "어쩐댜 아가씨, 아가씨" 하는 바람에 병실은 순식간에 웃음바다가 되었다.

간병사님은 쉰아홉 나이에 아가씨 소리 듣기 쉬운 일 아니라며 한턱내라고 추임새까지 넣으며 거들었다. 덕분에 우울했던 병실 분위기는 화기애애해지고 통증도 잠시지만 멈춘 것 같았다. 그날부터 715호 입원실에서 내 이름은 아가씨였다.

할머니들은 내가 고통스러워할수록 시시콜콜 질문이 많아졌다. 어쩌다 다리를 부러트린 것인지, 무엇하다 넘어졌는지, 자식들은 몇이나 되는지 호구조사까지 해가며 통증으로 예민해진 나를 무장해제 시켰다. 그리고 토씨 달 듯 꼭 한마디씩 덧붙였다. "아무래도 골다공증이 심한가 벼" 이미 당신들은 뼈가 부러져도 이상할 것 하나도 없는 나이이며, 부려 먹을 만큼 부려 먹어 성한 곳 없는 육신이라는 것이다. 하지만 젊은 사람이 고관절이 부러져 인공 관절을 했으니 분명 뼈에 구멍이 숭숭 뚫렸을 거라고 믿어 의심치 않는 듯했다. 담당 의사도 넘어졌다고 뼈가 부러질 나이는 아니라며 할머니들 의견에 힘을 실어주었다. 그러더니 골밀도 검사를 해보잔다. 하지만 입원 직전 종합건강검진 결과지에는 뼈 건강은 '양호'라고 분명하게 기록되어 있었다. 그럼에도 불구하고 다쳤으니 그날은 내가 운수 사나운 날이었던 게다.

코로나로 인해 병문안도 제한되어 모두 가족들 얼굴 보기도 쉽지 않았다. 입원해 있는 동안 할머니들이 가족이 되고 친구가 되었다. 다친 곳을 걱정하고 위로하며 빨리 완쾌되어 퇴원하기를 서로 응원하며 치료받았다. 병실에서 나이가 제일 적은 나는 할머니들의 잔소리를 귀에 달고 지내야 했다. 입맛이 없어 병원 밥을 먹지 못하고 남기는 날이면 어김없이 할머니들의 잔소리가 날아왔다. 먹기 싫어도 잘 먹어야 뼈가 빨리 붙는다고 걱정들을 하셨다.

움직이지도 못하는 다리로 운동을 한다고 쩔쩔매고 있으면 금방 퇴원해도 되겠다며 부러움 반, 안쓰러움 반이 섞인 표정으로 바라보셨다. 할머니들도 모두 뼈를 다쳐 나보다 먼저 수술을 하신 분들이다. 연로하신 탓인지 회복 속도도 느리고 퇴원하신다 해도 집이 아닌 요양병원으로 가야 하는 형편들이었다. 어쩌면 그런 당신들 처지가 한스러울 만도 할 텐데 오랜 연륜에서 터득한 지혜와 너그러움으로 나를 보듬어 주었다.

그렇다고 날마다 좋은 시간만 있는 것은 아니었다. 밤이 되면 병실은 다른 세상이 되었다. 할머니들의 코 고는 소리는 기차 소리를 떠올리게 할 만큼 심했다. 한 분은 주무실 때마다 소리를 고래고래 질러가며 잠꼬대했는데 그런 날에는 깜짝 놀라 잠을 설치기 일쑤였다. 낮과 밤이 전혀 다른 할머니들 모습이 황당하면서도 신기했다. 때때로 빨리 퇴원하고 싶은 마음이 간절했지만, 자식처럼 걱정해주는 따뜻한 마음에 잠자는 시간쯤은 얼마든지 양보할 수 있었다. 무엇보다 기차 소리를 내며 밤새 코를 골아도, 천둥 치듯 잠꼬대하셔도 그 안에는 할머니들이 살아오신 오랜 세월의 희로애락이 녹아들어 있을 것이 분명했기 때문이었다.

병실에 입원하던 첫날, 나이 많은 할머니들뿐이라 걱정도 되고 한편으로는 싫기도 했다. 그러나 나이가 많아서 같이 생활하기 힘들 거라고 지레짐작한 나의 편견은 할머니들의 지혜로움에 연기처럼 사라져 버렸다. 아흔 가까이 살아오신 할머니들의 나이는 그냥 숫자가 아니었다. 살아온 날들의 역사와 삶의 향기가 고스란히 담겨 있는 숫자라는 것을 쉰아홉 젊은 아가씨는 제대로 배웠다.

쉰아홉, 이 나이에 내가 어디 가서 아가씨 소리를 들어볼 수 있을까. 잠깐 퇴원을 미루고 싶은 마음이 스치듯 지나간다.

아름다운 공존이기를

바람이 상쾌하다. 밭 끝자락 언덕 벚나무에서 눈처럼 꽃잎이 흩날린다. 바람에 나풀거리며 춤을 추던 하얀 꽃잎들이 고추 두둑에 살포시 내려앉는다. 검은색 비닐 위에 하얀 꽃잎이라니, 흑백 대비가 선명한 아름다움에 탄성이 절로 나온다.

습관처럼 휴대전화를 들고 카메라 기능을 작동시키려다 멈칫, 얼마 전 들은 이야기가 떠올라 피식 웃음이 터진다. 꽃을 바라보며 열심히 사진을 찍어대는 사람은 스스로 늙어가고 있다는 표시를 내는 거란다. 그 말이 사실이라면 나는 이미 오래전부터 날마다 늙어가는 표시를 하며 사는 중이다. 폴더를 가득 채운 꽃과 식물 사진들이 그것을 보란 듯이 증명하고 있지 않던가.

아무렴 어떠하랴. 꼬부랑 할머니가 되어간다 한들 꽃이 피고 지며 손짓하는 모습들을 외면하는 일은 결코 없으리라. 얼마 전에도 친정 뒷골 밭 언덕에서 조팝나무 몇 뿌리를 캐다 전나무와 벚나무 사이에 심었다. 내년 이맘쯤 하얗게 피어날 꽃들을 상상하면 가슴이 콩닥거렸다. 몇 년 전 땅을 살 때도, 농사를 지을 목적이라기보다는 꽃을 심고 나무를 심어 정원을 가꿀 생각에 설레었다. 그 설렘으로 억새가 우거지고 바위투성이인 땅을 우여곡절 끝에 밭으로 만들었다. 처음에는 내 땅이니 내 마음대로 해도 되는 줄 알았다. 임야였던 곳을 전으로 형질변경을 하고 나면 5년 후에나 대지로 전환할 수 있다고 했다. 대지에만 집을 지을 수 있고, 정원도 만들 수 있는 거라고, 법이 그렇단다.

밭을 만들면서도 농사짓는 일은 애당초 능력도 안 됐지만 용기도 나지 않았다. 그저 푸성귀 조금씩 뜯어 먹을 밭 귀퉁이 한두 뼘이면 충분했다. 동네 이장님께 우리 밭에 농사를 지을 수 있는 분을 소개해달라고 부탁을 드렸다. 그때 기꺼이 나선분이 지금까지 농사를 짓고 계신 어른들이다. 첫해 밭 이곳저곳 빈틈없이 씨앗을 심고, 약을 뿌리는 그분들을 보면서 조바심이 났다. 혹시라도 잡초를 죽이려고 뿌리는 제초제에 밭 가장자리 곳곳에 심어놓은 꽃과 나무들이 말라버릴까 전전긍긍하며 살피고 또 살폈다. 반면 그분들은 그분들대로 제초제를 뿌리면서 마음이 불편하셨을 터였다. 혹시라도 꽃과 나무들을 상하게 할까 조심하는 게 역력해 보였다.

평생 농사를 지으며 살아온 두 분에게 밭이란 무조건 농작물을 심어 수확해야 하는 터전이다. 그게 옳은 일이면서 당연한 일이었다. 그분들과 달리 나는 시골 태생이면서도 도시에서 생활하며 어깨너머로 농사짓는 걸 바라보기만 했다. 나에게 밭이란 텃밭도 되었다가 때론 정원도 되어주고, 도시 생활에 지친 마음을 어루만지고, 위로받을 수 있는 쉼터가 되어주는 곳이라 생각했다.

두 분이 밭에 앉아 일하는 모습을 보면 마치 밭과 한 몸인 듯 신성불가침 영역처럼 보인다. 그 모습이 두려웠다. 혹시라도 밭 가장자리인 내 쉼터마저 점령당하게 될까 봐, 그분들이 밭에 계시면 꽃을 살피고 사진을 찍는 일이 눈치가 보이기도 했다. 하지만 전혀 어울릴 것 같지 않던 검은색 비닐 위에 내려앉은 하얀 꽃잎도 극과 극의 차이를 선명하게 드러내 보이며 아름다울 수 있지 않던가.

밭과 한 몸인 듯 호미를 들고 씨앗을 심고 있는 어른들의 모습이 경건하다. 꽃과 나무를 심으려 호미를 들고 있는 내 모습은 어떻게 비칠까. 부디 아름다운 공존이 될 수 있기를 바라며 오늘도 나는 밭 가장자리 이곳저곳에 꽃과 나무를 심을 자리를 물색 중이다.

5

모험할 용기

"모험할 용기를 갖고 있지 않다면 무엇이 인생이란 말인가?"

서늘함에 잠시 진정됐던 심장이 다시 두근거리기 시작했다. 내 심장은 위대한 화가의 그림이 아니라 그림 위의 문장들을 읽어내며 반응했던 거였다. 그동안 갈팡질팡하던 생각들이 정리되었다. 어이없게도 나는 고흐의 처절한 자화상 앞에서 서툴지만, 비로소 내가 걸어가야 할 길을 알아챘다.

- 본문 중에서

놓아버린 기억

갑자기 추워진 날씨 때문일까. 찬바람에 온몸을 내어 맡긴 나무들의 앙상한 가지가 쓸쓸해 보인다. 매번 계절의 경계인 11월 달력을 넘기고 12월에 발을 디디면, 맞이할 새날보다 살아낸 지나간 기억들이 해일처럼 밀려와 당혹스럽다. 문득 책방이 그토록 가고 싶어진 까닭은 몇 달째 한 줄의 글도 쓰지 못하고 있는 내 처지가 한심하고 답답해서였다.

인터넷으로 주문한 책을 취소하고 부랴부랴 집을 나섰다. 대체 얼마 만일까. 족히 십여 년은 된 듯하다. 그런데도 변함없이 그대로인 서점의 풍경이 신기하다. 변한 것이 있다면 검은 머리 희끗희끗해지고 얼굴에 주름이 늘어난 사장님 모습뿐이다.

오랜만에 서점의 독특한 향기에 빠진다. 코너마다 돌아보며 책을 펼쳐보기도 하고, 표지 제목을 소리를 내 읽어 보기도 하며 시간 가는 줄 모른다. 소소하지만 즐겁고 행복하다. 불현듯 서점이 사무치게 그리워진 까닭이 젊은 시절 살다시피 한 옛 서점에 대한 추억이 한몫했다는 걸 책 사이를 누비며 알았다.

동인천역 맞은편에 있는 대한서림이었다. 친구들과 만남의 장소이기도 했고, 책을 고르며 정을 나누던 곳이다. 우리는 월급날이면 으레 서점으로 가는 버스를 탔다. 박봉이지만 월급을 받는 날은 한 달 중 제일 마음 편하게 책을 고를 수 있는 날이었다. 서너 권 책을 사서 읽고도 늘 부족해서 책에 대한 허기가 지면 빈털터리로 그냥 서점을 갔다. 그리고 읽고 싶은 책을 골라 사람 뜸한 구석 자리를 차지하고, 시간 가는 줄 모르고 책 삼매경에 빠졌다. 그런데도 뭐라고 타박하는 이가 없었던 것은, 나처럼 책 동냥을 하던 젊은이들이 많았던 시절이었기 때문이었을 것이다. 그 시절은 읽고 또 읽어도 영혼이 허기지기만 했다.

아마도 앎에 대한 궁핍함과 지혜의 빈곤함을 조금이라도 책에서 채우려 했던 치기였지 싶다. 또한 배움의 부재에서 오는 오기이기도 했다. 그렇게 내 젊은 날은 책에서 부족한 지식을 채우려 했고 지혜를 터득하려 했다.

인터넷으로 모든 물건을 구매하는 세상이 되어 버린 요즘, 편리함이란 이유 하나로 거기에 편승해 버린 지 이미 오래다. 굳이 발품을 팔지 않아도 필요한 물건을 손가락 클릭 몇 번만으로 문 앞에까지 가져다주니 이보다 편할 수 있을까. 책도 문 앞에서 받아 읽는 게 당연해져 버렸다. 사람들과 어깨를 부딪치며 읽고 싶은 책에 눈도장을 찍기도 하고, 주머니가 가난해 어떤 책은 한두 페이지씩만 미리 읽어 보며 행복했던 시간은 어느새 편리함에 익숙해진 나의 무심함에 놓아버린 기억이 되었다.

문득 해일처럼 밀려온 기억들 속에 서점의 추억이 나를 흔들어 깨워서 다행이다. 동네 서점이 마치 예전의 대한서림인 양 코너마다 돌며 책을 살펴보고 다음에 읽고 싶은 책에 눈도장도 찍는다. 신간 소설 두 권을 고르고 정호승 님의 시집 '슬픔이 택배로 왔다'를 집어 들었다. 표제가 독특해서 소리를 내 읊조려 보다 수필집 앞에서 망설이고 있는 나 자신이 마치 택배로 슬픔을 한 무더기 받은 기분이 되어 버린다. 명색이 나도 등단한 수필가가 아니던가. 씁쓸하고 쓸쓸하다.

가슴이 답답하거나 머리가 복잡해지면 소설을 읽는다. 소설을 읽다 보면 현실을 잠시라도 잊게 되고 편안해지기 때문이다. 가끔은 시인의 시집을 소리 내 읽기도 한다. 부족하지만 시를 습작해 볼 때도 있다. 하지만 나는 수필 작가다. 그런데도 수필집 한 권을 사는 데 이리 망설이고 인색해지는 이유는 뭘까. 한 편의 수필이 어떻게 쓰이는지 그 고단함을 너무도 잘 알고 있기 때문이라고 궁색한 변명을 해보지만, 속이 빤히 보이는 변명일 뿐이다.

흔히들 수필을 신변잡기라 말한다. 붓 가는 대로 자유롭게 쓰는 글이라고도 한다. 나의 고뇌는 이 두 문장에서 비롯되었다. 수필의 사전적 의미를 찾아보았다.

수필-자신의 경험이나 느낌 따위를 일정한 형식에 얽매이지 않고 자유롭게 기술한 산문 형식의 글.

이 사전적 의미가 너무 당연한 듯 여기저기에 기록된 수필에 관한 정의는 별반 다르지 않았다. 정말 그럴까. 그렇다면 나는 왜 수필을 쓰는 게 점점 어렵고 두려운 걸까. 이토록 다른 작가의 수필집을 읽는 것에 인색해지는가. 겉으로 드러난 사전적 의미에만 오롯이 충실한 별 감동도 없고, 여운도 없는, 그렇고 그런 수필들이 싫증이 난다고 마음의 소리가 아프게 대답한다. 그럼 나는 그런 수필 안에서 당당할 수 있을까. 언감생심이다. 여전히 세상에 글을 내놓을 때마다 의기소침해지고 작아지는 모습에 절망한다.

신변잡기이며 붓 가는 대로 자유롭게 쓰고 설령 무형식의 글로 누구나 수필을 쓸 수 있다고 하지만, 한 번쯤은 그 말들이 품고 있는 내밀한 의미를 읽어야 한다고 감히 말하고 싶다. 문법의 형식도, 구성도, 사유도 필요 없이 그저 마음 닿는 대로 쓰기만 하면 수필이라 할 수 있을까. 놓아버린 서점의 기억이 몇 달째 한 줄도 쓰지 못하고 흔들리고 있는 나에게 손을 내밀어 잡아준 것 같다. 나도 손을 내밀어 수필집 한 권을 품에 안는다.

바람 둥지

바람이 불어온다. 딸아이의 방에서 시작한 바람은 거실을 한 바퀴 돌고 내 전신을 휘감아 돌다 썰물처럼 빠져나간다. 바람이 지나간 흔적에 잠시 흔들린다. 바람은 큰딸의 원피스에서 시작될 때도 있고, 아이가 쓰던 화장대에서, 운동화에서 불어오기도 한다. 하루에도 몇 차례씩 큰딸의 체온을 머금고 불어와 가슴앓이를 하는 중이다.

바람은 딸을 키울 때도 시시때때로 불어왔다. 단지 바람의 시작점이 달랐을 뿐이다. 돌이켜보면 그때의 바람은 항상 아이에게서 시작되어 나를 휘감고 밀물처럼 들어왔다. 행여 내 안에 미처 갈무리되지 못한 바람이, 부메랑이 되어 아이에게 상처를 낼까 늘 노심초사 전전긍긍했다. 가슴 한편에 바람 둥지를 틀고 아이에게서 불어오는 바람을 품어야 했다.

아이는 아기 때부터 유난스레 낯가림이 심했다. 대수롭지 않게 생각했던 그 낯가림이 아이의 성장에 큰 걸림돌이 될 줄은 상상도 하지 않았었다. 영재교육을 권유받을 만큼 영리한 아이였다. 그런 아이가 또래 친구들과 어울리는 것을 어려워했고, 자연스럽게 스며들지를 못하고 겉돌았다. 환경이 바뀔 때마다 적응하느라 아이는 아주 힘들어 보였다. 그런 모습을 바라볼 때마다 아프고 시린 바람이 불어왔다. 혹시 내가 잘못한 게 많아 그런 것은 아닌지 자책한 날도 많았다. 심지어 아이를 뱃속에 품고 있을 때 태교를 잘못한 것은 아닐까? 아이를 품고 있었던 하루하루를 꼼꼼히 돌이켜보기도 했다.

유치원 때였다. "왜 친구들이랑 말을 안 해?"라고 물은 적이 있었다. 딸은 환하게 웃으며 굳이 말을 하지 않아도 친구가 무슨 말을 하는지, 뭘 원하는지 알 수 있다고 했다. 그 이후로 우리 아이가 다른 아이들과는 결이 다르다고 생각했다. 집에서는 제 동생과 천진난만하게 잘 놀기만 하고, 해맑게 웃기도 잘하는데 대체 집 밖에서는 입을 다물고 마는지, 쭈뼛거리며 왜 어울리지를 못하는지, 그런 아이의 속내가 가늠되지 않았다.

머릿속으로는 딸에게 수만 번도 더, 다른 친구들과 웃고 떠들며 평범하게 어울리라고 말하고 있었다. 하지만 나는 단 한 번도 입 밖으로 내서 그 말을 하지 않았다. 혹시라도 내 말과 기대가 아이를 더 힘들고 주눅 들게 할까 봐 대신 기도를 선택했다. 딸을 바라보며 언제나 환하게 웃어주며 안아주려 노력했다. 다행인 건 아이도 어미의 마음을 알았는지 고비 고비를 넘기며 무탈하게 자라 나의 자랑스러운 딸이 되었다. 그리고 어느 날 제 반쪽을 찾아오더니 결혼하겠다고 했다.

큰딸은 결혼 전부터 즐거운 결혼식을 하고 싶다고 노래했다. 그러더니 결혼식 날 식이 진행되는 내내 정말로 환한 미소로 분위기를 밝게 만들었다. 오죽하면 하객 중에 키우면서 딸내미 엄청나게 구박한 거 아니냐고, 농담할 만큼 환하게 웃었다. 그런 딸이 순간 얄밉기도 했지만 나 역시도 아이의 빛나는 미소가 더 빛이 날 수 있도록, 주례사 대신 즐겁게 덕담 편지를 읽어 내려갔다. 내 덕담에 간간이 하객들 사이에서 웃음이 터져 나오기도 했다. 하지만 나도 딸도 눈빛으로 알고 있었다. 눈물을 참으려 서로 노력하고 있다는 것을.

결혼식을 끝내고 집으로 돌아와 아이의 빈방을 들여다보았다. 무너졌다. 종일 잘도 참았는데…. 얼마쯤 지났을까. 먹먹했던 가슴이 아린듯하면서도 시원했다. 아마도 서른 해를 갈무리했던 바람이 둥지를 허물고 세상 밖으로 나오며 그 허전함이 눈물이 되었나 보다. 새로운 출발을 시작한 딸을 위해, 또 나를 위해, 그동안 품고 있던 바람 둥지의 바람을 풀어 놓으며 자유로워지려 한다.

신혼여행지에서 찍은 사진들을 카톡으로 보내왔다. 딸아이가 사진 속에서 햇살처럼 웃고 있었다. 훈풍이 불어온다. 허물어진 바람 둥지의 서른 해 흔적이 따스한 바람에 엷어진다.

시우쇠

모두 하늘이 도왔다고 했다. 오른쪽 다리에 깁스하고 고통에 신음하는 남편을 바라보니 하늘이 뭘 도와줬다는 건지 도무지 그 뜻을 헤아리기 어려웠다.

새해 첫날, 해돋이를 보며 가족의 건강과 일 년 동안 무탈하게 해달라고 기도했다. 그 일상적인 염원이 욕심이었을까. 배달 나간 남편이 늦어진다 싶더니 전화벨이 울렸다 "여보 접촉 사고 나서 구급차 타고 병원으로 가는 중이야." 한다. 전화할 정신이면 가벼운 타박상 정도의 부상이려니 안심했다.

응급실에 누워있는 남편을 보니 퉁퉁 부어오른 다리가 보인다. 겨울이라 겹겹이 입은 바지가 잘려져 나가 응급실 바닥에 이리저리 뒹굴고 있었다. 그 모습이 남편의 일부인 양 등줄기로 서늘한 바람이 인다. 이런저런 검사로 내려진 진단 결과를 의사는 이해하기 힘든 용어들로 설명했지만 내 귀에 들어오는 말은 수술해야 한다는 그 말뿐이었다.

막막했다. 당장 가게를 닫을 수 있는 형편도 아니었다. 미로 속에서 헤매는 기분이 이럴까. 살아오는 동안 벌써 몇 번째 고개를 넘어서는 건지 고비가 닥칠 때마다 피하지 않고 최선을 다해 살아왔는데 하늘이 해도 너무한다 싶었다. 힘없이 누워있는 남편을 바라보았다. 다친 자신은 얼마나 고통스러울까 싶다가도 자꾸만 야속해지는 마음이 드는 것은 나에게 주어진 현실의 무게가 이미 중량 초과였기 때문일 터였다. 도망칠 방법이 있다면 벗어나고 싶었다. 마치 내 작은 몸이 단단한 연장을 만들기 위해 풀무질에 달궈진 후 메질을 당하여, 또다시 담금질하려 뜨거운 불구덩이에 집어넣어지는 쇠의 운명 같았다. 얼마나 더 이런 과정을 거쳐야 흔들리지 않고 단단해질 수 있을까.

수년 전, 오랜 세월 전통 방식으로 각종 농기구와 생활 도구 만드는 대장간을 다녀온 적이 있다. 그곳의 대장장이는 쇠를 달구고 두드리면서 인생을 배운다고 했다. 처음에는 그저 평범한 쇳덩이일 뿐인 '시우쇠'가 단단한 심지를 갖기 위해서는 수많은 풀무질과 담금질을 반드시 거쳐야만 한다고. 그는 살아가면서 어려운 역경을 겪어가며 살아가는 우리네 인생도 시우쇠와 다를 게 없다고 말했다. 시골 장터에서 평생을 대장장이로 살아온 그의 말이, 유명한 철학자의 말보다 감동으로 다가오는 이유는 오랜 세월 온몸으로 체득한 진솔한 경험담이어서 그랬을 것이다. 몇 평 되지 않는 대장간에서 세상에 나가 가치 있게 사용될 여러 가지의 연장과 도구들을 만들며 자기 삶도 풀무질과 담금질하며 살아온 것이다. 그 사람은 내가 아는 가장 정직한 철학자이며 진정한 장인 정신을 가진 대장장이였다.

입원실 건너로 보이는 학교 운동장에 매서운 바람이 흙먼지를 일으키며 휘돌고 있다. 내 몸도 찬바람이 휘감아 돌며 떠나질 않는 것 같다. 남편은 얼마나 힘이 들까. 지금까지 고생하다 이제 겨우 살아가는 게 견딜 만하다고 했는데 또다시 깊은 수렁으로 떨어진 기분일 것이다. 며칠 사이, 살이 빠져 다른 사람과 마주하고 있는 것처럼 남편의 모습이 낯설다.

다섯 달 만에 퇴원한 남편은 휴가를 잘 보내고 왔다고 했다. 처음에는 그 말이 의아했지만 입원한 내내 특급호텔로 휴양을 온 것이라며 자기 최면을 걸었다고 한다. 기왕 다쳐서 마음대로 할 수도 없으니 하루라도 빨리 완쾌하려면 병원이 최상의 치료 조건을 갖춘 휴양지라 생각했다고 한다. 다쳐서 고통스러운 것은 제쳐두고라도 가게를 혼자 꾸려가는 나에게 미안한 마음이 가장 컸음을 말하며 눈가가 붉어진다. 병원에 입원하고 있는 동안 남편도 수많은 생각들을 오고가며 자신에게 풀무질과 담금질을 해왔던 모양이다.

병문안 오는 사람들은 약속이라도 한 듯 하늘이 도왔다고 했다. 하기야 오토바이와 차가 부딪쳤는데도 목숨을 부지했으니 하는 말들일 것이다. 처음에는 그 마음들을 모른 바 아닌데도 자꾸만 화가 나고 속이 상했다. 어느 누가 타인의 불행 앞에 제대로 된 위로의 말을 찾을 수 있을까. 많이 다치기는 했어도 목숨을 내어준 것도,

불구가 된 것도 아니니 감사해야 할 일인 것이다. 신은 인간에게 이겨낼 수 있을 만큼만 시련을 준다고 한다. 이제는 "하늘이 도왔다"라고 한 그 마음들을 조금은 헤아릴 수 있을 것 같다. 그동안 나도 조금은 더 단단해진 모양이다.

처음에는 그냥 쓸모없는 무쇠 덩어리일 뿐인 시우쇠도 수많은 풀무질과 담금질을 거쳐야 단단해지고 제대로 된 심지를 가진 쓸모 있는 쇠가 된다고 한다. 대장장이가 온 힘을 기울여 연장을 만들어 내듯, 어쩌면 나를 비롯한 세상 사람 모두는 좀 더 단단해지기 위하여 험난한 오늘을 풀무질하며 담금질하는 것이리라.

흔들리는 영혼

　며칠째 그녀가 보이지 않는다. 평소에 즐겨 앉던 자귀나무와 소나무 아래에도 흔적이 없다. 혹시 앓고 있다는 병이 심해진 것은 아닌지 걱정이 앞선다. 내가 그녀를 알게 된 것은 공원 앞에서 가게를 하게 되면서부터였다. 알고 지냈다고 해서 서로 따뜻하게 눈길 한 번 마주한 적 없고, 정답게 말 한마디 나눈 적이 없는 그런 사이다. 그러면서도 하루라도 보지 않으면 궁금해지고 보고 싶기도 한 일방적인 이상한 관계다.

　처음 봤을 때 걸음걸이나 옷 입은 모양새가 영락없이 남자의 모습이었다. 체격도 건장한 젊은 녀석이 운동하는 것도 아니고, 매일 공원을 어슬렁거리는 것을 유리창 너머로 바라보며 참으로 한심한 인간이라고 생각하며 비웃었다. 매일 자정이 지나야 가게 문을 닫는 내 눈에는 금쪽같은 시간을 공원에서 허비하는 것 같아 곱게 보이지 않았던 모양이다. 그러던 어느 날 뽀얗게 분을 바르고 눈 화장과 립스틱까지 곱게 바른 그와 마주쳤다. 그 녀석이 아니라 그녀였다.

그날부터였다. 나이도, 이름도, 어디에 사는지도 모르는 여자가 궁금해졌다. 공원에 나타날 때마다 괜스레 마음이 쓰였다. 늘 남자 옷을 입고 돌아다니는 사정도 알고 싶었다.

창문 너머로 그녀를 관찰하기 시작했다. 행동이 틀에 박힌 듯 단조로운데 참으로 이상했다. 수시로 자귀나무나 소나무 아래에서 가부좌 자세는 두 손을 합장하고 중얼거렸다. 무언가 간절한 기도를 하는 것 같았다. 그런 날에는 고요하고 평화로워 보였다. 어느 날에는 뭔가에 쫓기듯 빠른 걸음으로 공원에 동심원을 그리며 맴을 돌아 어지럼증으로 쓰러질까 걱정되는 날도 있었다. 옆에 누가 있기라도 한 것처럼 멈춰 서서 함박웃음을 터트리며 두런두런 이야기하는 날도 있는데 이야기하다 뭔가 마음에 들지 않으면 허공에 삿대질까지 하며 욕설을 퍼붓다가 슬그머니 사라졌다. 한 손에 커다란 콜라병을 들고 나타나 바닥에 앉아 담배를 연신 피우며 콜라를 벌컥벌컥 마시다가 사라지기도 했다.

정신이 온전치 않고서는 도저히 할 수 없는 행동을 하는 그녀, 대체 왜 그러는지 궁금했다. 어느 날, 속 시원하게 물어볼 요량으로 용기를 내어 그녀를 불러 세웠다. 눈빛이 형형하다. 굶주림에 먹이를 찾아 헤매는 들짐승의 눈빛이 그러할까. 강렬한 그 무엇이 나를 휘감고 놓아줄 것 같지 않아 섬뜩했다. 무섬증에 한마디 말도 건네보지 못하고 도망치듯 가게로 돌아오고 말았다.

떠도는 소문에는 무병을 앓고 있다고도, 애를 낳지 못해 시댁에서 쫓겨나 그 충격에 정신 줄을 놓쳐버렸다고도 했다. 상처 입은 영혼이었다. 얼마나 고통스럽고 외로울까. 거리를 헤매고 다니는 딸을 바라보는 부모의 마음은 어떠할까. 혹시라도 몹쓸 사람들한테 해코지라도 당할까 봐 남자의 옷을 입혀 집을 내보냈을 터였다. 한동안 그녀가 측은하기도 하고 한편으로는 이상한 행동들이 이해되었다. 하지만 그 후로 그녀의 섬뜩한 눈빛이 떠올라 공원 쪽을 바라보지 않았다.

바람이 몹시 불던 날이었다. 그녀가 성큼성큼 걸어오더니 가게를 빤히 바라보았다. 그러더니 느닷없이 절을 하기 시작했다. 너무 놀라 조용히 행동을 지켜보았다. 절은 한참 동안 이어졌다. 지금도 나는 우리 가게 쪽을 향해 절을 한 여자의 마음을 헤아리지 못한다. 어쩌면 자신을 몰래 훔쳐보며 온갖 상상으로 소설을 쓰고 있는 나를 쭉 지켜보지 않았을까. 그리고 알아버렸는지도 모른다. 가게 여자인 나도, 가슴앓이하며 흔들리며 살아가는 별수 없는 인간인 것을.

한 치 앞도 알 수 없는 세상을 살면서 누구인들 흔들리지 않고 꿋꿋하게만 살아갈 수 있을까. 나 역시도 그 범주를 벗어나지 못해 힘겨웠던 때가 있지 않았던가. 산꼭대기까지 힘겹게 밀어 올린 바위가, 산 아래로 굴러떨어질 걸 뻔히 알면서도 또다시 바위를 밀어 올려야만 되는 시시포스의 천형. 그때는 내게 주어진 삶이 그런 줄 알았다. 그녀가 흔들리는 영혼과 줄다리기하며 공원과 거리를 부유하듯, 나도 가늠할 수 없는 세상을 살아내며 삶을 곧추세우지 못해 이리저리 흔들리며 힘겨워했다. 그래서 그녀를 바라볼 때마다 가슴으로 스산한 바람이 불어왔던 모양이다.

공원을 바라보았다. 봄 햇살이 제법 영글었나 보다. 아이들이 조잘대는 소리가 명주바람에 실려 울려 퍼진다. 오랜만에 나타난 그녀가 아이들을 바라보며 소나무 아래에 조용히 앉아 있다.

두 손을 모은다. 그녀가 더는 거리에서, 공원에서, 떠돌지 말고 흔들리지 않기를.

버려야 되는 것들

집 앞에 쌓인 폐기물 딱지가 붙은 여러 종류의 살림살이를 바라본다. 기가 막힌다. 아이들이 초등학교 때부터 쓰던 책상, 우리 부부가 사용하던 침대, 장롱, 장식장까지 새집으로 이사한다는 명분만으로 헌신짝처럼 버려졌다. 이제 곧 폐기물 차량에 실려 가 사라질 운명이지만 씁쓸하고 마음이 복잡하다. 아직은 더 사용해도 될 것 같은 물건들이 눈엣가시처럼 걸린다. 왠지 훤한 대낮 사람들 앞에 속살을 드러낸 것 같은 부끄러움에 폐기물 딱지를 붙이자마자 발길을 돌린다. 그동안 참 많이도 부여잡고 살아왔다.

나는 새 물건에 대한 욕심이 없는 편이다. 그러다 보니 집안의 소소한 살림살이마저도 남편 손에 의해 마련될 때가 부지기수였다. 아이들 옷장이며 침대 심지어 주방에서 쓰는 밥솥과 냄비마저도 남편 손에 들려왔다. 그렇다고 내가 알뜰한 살림꾼이어서 그런 것은 결코 아니다. 다만 조금 불편하더라도 손에 익숙한 것이 편하기도 하고, 무엇보다 더 큰 이유는 새로운 것에 또다시 익숙해지느라 에

너지를 소모하는 것이 싫었다. 어쩌면 게을러서 윤기 나게 살림을 할 줄 모르는 것도 한몫 보탰으리라.

이사할 집도 그랬다. 집을 사는 일부터 집수리할 때도 모든 것을 남편이 생각하고 또 생각해서 집수리를 마쳤다. 나는 남편이 의견을 물으면 긍정과 부정을 적절하게 섞어 대답하는 것으로 내 역할을 마쳤다.

이삿날을 정하고 집 정리를 시작하면서부터 하루의 시작과 끝은 갈등이었다. 버려야 되는 것들과 이삿짐 속에 챙겨 넣어야 할 것들 사이에서 실속도 없이 마음만 분주했다. 그렇게 이도 저도 못 하고 며칠을 허비하고 나니 이삿날이 코앞이었다. 내가 쓰던 물건에 발목 잡혀 이번에도 온갖 잡동사니 그대로 싸 들고 이사 가겠구나 싶어 작은아이를 붙잡고 옷부터 정리하기 시작했다. 몇 년째 주인의 간택을 받지 못해 접힌 그대로이거나 옷걸이에서 벗어나 보지 못한 옷들이 꽤 많았다. 유행은 돌고 도니까 챙겨두면 입을 수 있다는 미련 때문에 손놀림이 늦어졌다. 한편으로는 이번만큼은 단호해야 한다고 마음잡기를 여러 차례 겨우 끝을 냈다.

정리하며 "엄마 이거 버릴까? 아니 안돼. 아니냐. 버리고 가자." 가 딸과 가장 많이 한 말이었다. 집안 곳곳에 숨어 있는 물건들을 정리해서 내놓고 보니 종류도 참으로 다양하다. 이 빠진 그릇들은 왜 못 버리고 지니고 있었는지 아마도 구멍 뚫어 화분으로 쓸 요량이었을 것이다. 어디 그뿐인가. 뒤축이 닳고 닳아 신을 수도 없는 운동화는 유명브랜드라는 허울에 눈이 멀어 아깝다는 이유로 십여 년을 신발장에 모시고 살았다. 그동안 부질없는 미련 때문에 부여잡고 살아왔는데 마음 한번 바꿔 먹으니 홀가분했다.

그런데 내가 버려야 하는 것들이 이 물건들뿐일까. 그동안 살아오면서 얼마나 많은 것들이 내 손에 요긴하게 쓰이고 버려졌겠는가. 그런데도 정작 내 안에 켜켜이 쌓여있는 욕심들과 이기심들은 버리지 못하고 늘 갈등하며 살아왔다. 헤아려보면 별일도 아닌 일에 노여워하고, 욕심과 고집을 부렸다. 아마도 내 안에 버려야 할 것들이 쌓여있어 폐기물 딱지를 붙여야 한다면 밤을 새워 붙여도 부족하리라. 언제쯤이면 가벼워질 수 있을까. 이제는 내 차례다.

다비식의 불꽃

  법정 스님이 입적하셨다. 마지막 가시는 날까지 철저하게 무소유를 몸으로 실천하신 스님은 생전에 발표한 '아름다운 마무리'란 책 제목처럼 그렇게 삶을 아름답게 마무리했다. 당신이 지은 말빛조차도 모두 거두어 가겠다며 생전에 출판된 책들마저 절판하기를 유언했다.

  그러나 스님이 그토록 주장하시고 수행했던 '무소유' 그 무소유가 세간 사람들에겐 소유욕을 불러일으켰다. 이만 원 안팎이던 책들은 수십만 원을 호가하여 거래되었다. 그 틈을 타서 이득을 보려는 사람들은 인터넷 서점에 책을 내놓고 흥정하기도 했다. 물론 훌륭한 수행자가 남긴 맑은 법문이니 궁금해 읽어 보고도 싶고, 한 권 정도는 곁에 두고도 싶었을 터였다. 그런데도 씁쓸한 기분이 드는 이유는 뭘까?

  스님이 입적했다는 소식을 접하고 서재에서 책 몇 권을 꺼내 놓고 상념에 젖었다. 스님의 책은 불가에서 쓰는 어려운 법어들을 쓰지 않고도 모든 이들이 쉽게 읽고 느낄 수 있도록 했다. 만약 어려운 법어만 나열해서 글을 썼다면 이 책들을 다시 읽어 보려 하지 않았을 것이고, 사람들도 굳이 애써 소유하려 법석을 떨지 않았을지도 모른다.

얼마 전부터 다육식물에 빠져들었다. 다른 식물들과는 달리 잎이나 줄기 속에 많은 수분을 지니고 있어 사막이나 건조한 곳에서도 잘 자라는 특징이 있다. 잎이 무성하거나 꽃이 화려해 눈에 띄는 식물도 아니다. 그런데도 자꾸만 시선을 부여잡는다. 생김새마저 비슷비슷해 보이지만 각각 특징이 다르다. 하나둘 다육식물이 늘어 가고 서로 다른 종류인 것을 구분할 수 있게 되었다. 그동안 인터넷 다육식물 카페에도 가입해서 허구한 날 들여다본 결과였다.

카페에서는 다육식물을 아가들이라고 부른다. 사람들이 반려동물 키우듯 애지중지하며 본인들이 보유하고 있는 것을 사진을 찍어 올려 공유하기도 하고, 희귀한 품종들을 자랑하기도 한다. 회원들은 그것을 소유하고 싶어서 거래를 시도하기도 하며 잎이라도 얻어 볼 요량으로 카페 나눔 방을 들락거린다. 경제적으로 부담스러울 때는 고가의 다육식물을 부러워하며 조바심을 내기도 한다. 귀한 것일수록 가격도 천정부지다. 희소성의 가치가 다육식물에도 여지없이 적용되는 셈이다.

다육식물이 어느새 하나둘씩 늘어 베란다를 점령했다. 그런데도 더 많이 갖고 싶어지는 욕구 때문인지 헛헛하다. 내가 이토록 그 무엇에 집착했던 적이 있었나 싶어 두려워진다. 베란다에서 보내는 시간이 점점 길어졌다. 일주일에 서너 번은 산에 다녀왔는데 좋아하던 산에도 가지 않게 되었다. 용돈을 모두 쏟아붓고 그것도 성이 차지 않아 남편의 지갑도 넘보았다.

그런 나의 집착에 가족들도 고개를 젓는다. 아이들은 "엄마 내가 좋아? 다육식물이 좋아?" 물으며 어미의 사랑을 빼앗기기라도 한 듯 장난스럽게 확인하기에 이르렀다. 왜 아니 그럴까. 예쁜 머그잔이나 심지어는 멀쩡한 밥공기까지 구멍을 뚫어 다육식물을 심어놓고 시간 가는 줄 모르고 푹 빠져 있으니 그럴 만도 할 터였다. 속담에서 신선놀음에 도낏자루 썩는 줄 모른다더니 내가 영락없이 그 짝이다.

어느 날 남편은 다육식물이 왜 좋으냐고 물었다. 뭐라 대답은 해야 하는데 마땅한 말이 떠오르지 않아 순간적으로 저 녀석들을 보고 있으면 작은 자연을 바라보는 것 같다고 했다. 또 굽이굽이 산의 능선을 보고 있는 것 같기도 하다고도 했다. 궁여지책으로 답해놓고 보니 나름 그럴듯했다. 그런데 기분이 영 개운하지 않았다. 마치 자신을 스스로 기만한 것 같았다. 자괴감에 한동안은 베란다에 나가 시간을 보내는 것이 편하지 않았다.

내가 진정 자연을 느끼고 산의 능선을 보았던가. 그건 아니었다. 처음에는 고만고만한 것들이 같은 듯, 다르고 계절마다 잎들의 변화가 오묘해서 빠져들게 되었다. 난(蘭)의 꽃처럼 청초하게 꽃대를 올려 애잔한 듯 강하게 꽃을 피우는 모습 또한 대견스러웠다. 향기조차도 진하지 않고 은은하여 마음을 설레게 했다. 무엇보다 팍팍한 내 일상에 잠깐씩이라도 숨통을 틔워 주었다.

　욕심은 욕심을 부른다고 했다. 어떤 이는 다육식물을 정신없이 사들이다 보니 한 달 신용카드 결제액이 무려 수백만 원이나 나와 깜짝 놀랐다고 한다. 가족들에게는 카드값을 숨기려 거짓말까지 했단다. 거짓말을 하면서 전전긍긍했을 그녀가 딱하기도 했지만 불과 얼마 전까지 남편의 지갑까지 넘보던 내 모습을 보는듯해서 씁쓸하다.

　평소 가진 것이 너무 많아서 부끄럽다고 했던 법정 스님. 그래서였을까. 목관조차도 마련하지 말고 평소 입던 승복 그대로 다비식을 하라고 유언했다. 생의 마지막까지 무소유를 실천하고자 했던 이유는 "아무것도 지니지 말라"라는 뜻이 아니고 각자에게 꼭 필요한 만큼만 지니고 살아가라는 뜻이었을 것이다. 스님은 생의 마지막 순간에도 세인들에게 무소유를 몸으로 보여주고 떠난 것이다.

　그 흔한 꽃 한 송이 없는 다비식 장면을 텔레비전 화면으로 지켜보았다. 불꽃이 활활 타올랐다. 숭고한 불길은 많은 것들을 욕심내며 소유하려 했던 지난날들을 돌아보게 한다. 부끄럽다. 그동안 얼마나 많은 것들을 가지려 욕심을 부렸던가. 그것들이 내게 꼭 필요한 물건이 아니었음에도 유행에 뒤떨어진다는 이유로, 때로는 남들에게 보여 주고픈 과시욕 때문이었다. 어쩌면 다육식물도 욕심을 채우려는 방편이었을 것이다. 겉으론 자연을 보았노라. 산의 능선을 보고 있는 듯하다고 그럴싸하게 포장했지만 내면은 좀 더 많은 종류의 식물들을 소유하고 싶은 허황으로 가득 차 있던 것이다.

살아오면서 온몸에 가득 채워진 허황과 욕심이다. 그런 욕심을 한순간에 내려놓기에는 내 그릇이 턱없이 작다는 걸 잘 알고 있다. 그러나 숭고하게 타오르던 다비식의 불꽃은 욕심으로 가득한 나를 깨우고, 질책하며, 또 생각하게 하리라.

세상에서 가장 아름다운 노래

노을이 산 능선에 곱게 누웠다. 산들바람에 흔들리는 나뭇가지들
은 초록 물결이 흐르는 듯하다. 아이들은 이불 위에 배를 깔고 만화
책 삼매경에 빠지고, 남편도 망중한을 즐기겠다며 무협지를 챙겨
들고 자동차로 나가버린다. 엄마도 휴양림 이곳저곳을 산책하느라
고단하셨나 보다. 자리에 눕더니 이내 코를 고신다.

우리 가족은 매년 집에서 가까운 휴양림에서 여름휴가를 보낸다.
짧은 일정, 오고 가며 길 위에 시간을 허비하는 것이 아깝기도 하고,
가까이 사시는 엄마하고 많은 시간을 함께 하고픈 마음이 크기 때문
이다. 매번 한 끼 식사만 하고 집으로 돌아가는 엄마가 올해는 하룻
밤 주무시겠다고 한다. 혹시나 마음이 변해 집으로 돌아간다고 하실
까 빨리 날이 어두워지기를 기다린다.

곤하게 코를 골며 주무시는 엄마를 바라보았다. 검은 머리 한 올
없는 새하얀 머리와 주름진 얼굴에 눈길이 머문다. 언제 저렇게 백
발이 되었을까. 주름살은 왜 그리 많고 골은 깊은지 자꾸만 눈두덩

이 뜨거워진다. 주름살에는 엄마의 고단했던 삶의 이력들이 고스란히 담겨 있으리라. 아마도 주름살 이력을 펼쳐 소설을 쓰면 우스갯소리로 떠도는 이야기처럼 엄마의 소설도 수십에서 수백 권은 족히 되고도 남으리라.

짙어진 어둠 속으로 노을이 숨어들고 가로등 불빛만이 숲속 휴양림을 밝히고 있다. 풀벌레 소리는 고즈넉한 숲속을 한층 더 평화롭게 한다. 만화책 한 권을 펴들고 엄마 옆에 나란히 엎드렸다. 엄마 옆에 내 딸들과 나란히 누워 하룻밤을 보내는 일은 처음이다. 어쩌면 처음이자 마지막일 수도 있는 오늘 하루도 엄마의 굴곡 많은 주름살에 담길 것이다. 나는 만화책은 뒷전이고 두 딸과 엄마를 번갈아 바라보며 관찰하느라 눈길이 바쁘다. 아이들은 두 발바닥을 천정으로 향해 쳐들고, 까닥까닥 흔들흔들 뭐가 그리 재미있는지 서로의 얼굴을 바라보며 키득거린다. 아기 때부터 유난스레 사이가 좋더니 지금도 어미인 나보다는 둘이 더 의지하며 알콩달콩하다. 이제 아이들 걱정은 내려놓아도 될 듯하다. 웃음소리에 잠이 깬 엄마가 손녀들 노는 모습을 흐뭇하게 바라보신다. 두 딸애를 꿀 떨어지듯 바라보는 내게 "아이고, 저것들 아까워 어떻게 시집보낼래." 하신다. 여전히 아이들을 껴안고 있는 내 마음을 눈치채셨나 보다.

몇 해 전 엄마는 큰 수술을 받았다. 대장에 종양이 발견되어 노령임에도 위험부담을 무릅쓰고 수술할 수밖에 없었다. 나는 좀 더 일찍 병원에 모시지 못한 것을 후회하며 내내 속울음을 삼켜야 했다.

한 달에 두세 번 목욕탕에 모시고 다니며 엄마의 체중이 조금씩 줄어드는 것을 의아해하면서도, 뜨거운 볕에 힘들게 일을 하셔서 그런 줄만 알았다.

가족들은 엄마에게 암이라는 말도 차마 하지 못했다. 마침 쓸개에 담석이 있어 담당 의사와 간호사까지 공범으로 만들어 담석을 제거하는 수술을 받아야 한다고 거짓말을 했다. 수술실로 들어간 후 나는 세상 존재하는 모든 신들에게 눈물로 매달렸다. 엄마와 이별할 준비도, 생각을 해본 적도 없으니, 더도 말고 제발 3년만 우리 곁에 머물게 해달라고. 다행히 수술과 치료를 잘 견뎌낸 엄마는 3년보다 더 긴 시간을 무탈하게 보내고 손녀들과 나란히 누워 계신다.

내가 기도로 유예한 3년은 어쩌면 나 자신을 위한 간절함이었는지도 모른다. 결혼하고 한 번도 평탄하게 살아가는 모습을 보여드리지 못한 자책감도 컸다. 살아계시는 동안 엄마에게 잘사는 모습을 꼭 보여드리고 싶었다. 집 한 칸도 없이 빚만 있다고 늘 속을 태우셨는데, 그동안 우리는 번듯한 집도 장만하고 엄마가 애면글면하던 빚도 청산했다. 아이들도 제 몫을 하도록 잘 키웠다. 무엇보다 다행인 것은 늘 일에 묻혀 살던 우리 부부가 가끔 여행을 다니기도 하고, 오늘처럼 엄마를 모시고 여유롭게 휴가를 즐기는 모습을 보여드릴 수 있게 되었다는 것이다.

생명이 있는 모든 것들은 태어나는 순간부터 죽음이라는 끝을 향해 살아가는 것이 숙명이다. 시작과 끝인 그 사이를 채우며 살아가는 건 각자의 몫이다. 엄마는 주어진 운명을 거부하지 않고 오롯이 받아들였다. 젊은 날, 홀로 되어 벼랑 끝에 내몰린 삶이었지만 언제나 최선을 다했다. 시작과 끝의 중심인 당신의 삶을 나름대로 멋지게 채운 것이다. 어쩌면 나의 기도를 신들이 외면하지 않았던 진짜 이유는 그동안 엄마의 삶을 슬프고 아프게만 바라본 나를 위한 배려인지도 모른다.

더도 말고 지금처럼만 아프지 말고 건강하기를, 주무시듯 평안하게 이번 생의 여행에 마침표를 찍기를, 부디 다음 생에는 죽는 날까지 함께할 수 있는 멋진 남자를 만나 외롭지 않고 행복한 삶이기를 간절하게 소망한다.

엄마를 바라보니 다시 주무시고 계신다. 뒤척임도 없이 코를 고는 모습이 평화롭다. 오늘 밤 엄마의 코 고는 소리는 세상에서 가장 아름다운 노래다.

세 통의 메시지

    요즘 나는 지인에게 날아온 휴대전화 문자 때문에 심장이 가쁘게 숨을 쉬는 듯 버겁다. "우리 집 오리도 땅속에 묻어야 한대요. 지금 손이 너무 떨려서 글씨도 안 써지네요." 글공부하며 알게 된 문우와는 가끔 전화로 안부를 주고받는 사이다. 온몸을 사시나무처럼 떨며 내게 문자를 보냈을 그녀의 모습이 눈에 선했다.

    온 가족이 매달려 애지중지 길러낸 오리들이다. 황당한 것은 농장의 오리들이 AI에 감염되지 않았다는 사실이다. 먼저 인근 농가에서 발병이 되었다는데 하필 제한 구역 내에 농장이 있었던 모양이다. 말로만 듣던 예방적 살처분이라고 하니 얼마나 기가 막힐 노릇이겠는가. 아마도 하늘이 무너져 내릴 것 같은 심정일 것이다. 그녀는 감염경로를 막겠다는 수단으로 살처분한다는 것에 분노했다. 더군다나 병도 걸리지 않은 건강한 오리들마저 땅속에 묻는 일은 차마 사람이 할 짓이 아니라며 괴로워했다. 무섭고 끔찍한 현실을 감당해야만 하는 그녀를 위해, 위로할 말이 달리 떠오르지 않았다.

가슴으로 서늘하게 바람이 인다. 나 역시도 조류인플루엔자에 자유롭지 못한 사람이다. 각종 매스컴에서 쏟아내는 살처분 소식을 들을 때마다 똑같은 악몽을 되풀이해서 꾸는 것만 같다.

AI란 용어도 생소했던 시기였다. 치킨점을 열고 얼마 후에 당한 일이어서 많이 놀라고 당황했다. 하루하루 매출이 곤두박질쳤고 급기야는 업종 변경까지 고려해야만 했다. 날마다 예방적 살처분 광경을 적나라하게 보도하는 텔레비전을 보며 불안에 떨어야 했다. 충분히 익혀 먹으면 안심해도 된다면서, 왜 동시에 그 끔찍한 살처분 장면을 보여주는지 좁은 소견으로는 도통 이해가 되지 않았다. 그때나 지금이나 끔찍한 장면을 보고 난 후, 정말로 안심하고 오리고기 닭고기를 먹고 싶은 사람이 얼마나 될까.

그녀가 두 번째 문자를 보내왔다. 이번에는 사진이다. 어림잡아도 수천 마리는 넘어 보인다. 아마도 새끼 오리였을 때 농장에서 찍어놓았던 모양이다. 털이 보송보송하니 마냥 귀엽다. 그 많은 오리를 애지중지 길러 출하만 하면 되는 것을 살아있는 채로 땅속에 묻어야 한다니 얼마나 기가 찰 노릇이겠는가. 간간이 소식만 귀동냥하는 나도 이렇게 가슴이 서늘하고 고통스러운데 직접 당하는 사람의 심정은 무슨 말이 더 필요하랴.

오리 농장은 문우 가족의 희망이며 미래였다. 그 희망과 미래가 한순간에 무너져 내릴 위기에 처한 것이다. 내가 무지해서 그런가. 아직도 예방적 살처분의 정의를 잘 모를뿐더러 이해가 되지 않는다.

발병하고 난 후에 살처분하는 것이 최선이라면 불합리하다는 생각을 떨쳐 낼 수가 없다. 지금 수많은 사람이 AI 때문에 불안한 날들을 보내고 있다. 어쩔 수 없이 살처분 작업에 참여하고 난 후 트라우마로 고생하는 사람들도 많다고 한다. 왜 아니 그렇겠는가. 그들이라고 살아있는 목숨을 묻는 일이 쉽겠는가. "오늘 살처분했어요" 다시 세 번째 문자 메시지가 왔다. 순간 소름이 돋는다. 이건 재앙이다. 정말로 다른 대안은 없는 것일까.

예전에는 마당을 휘젓고 다니던 오리와 닭들에게서 평화가 느껴졌다. 새벽이면 힘찬 소리로 일어나 하루를 시작하라 알려주었고, 암탉들은 둥지를 벗어나 엉뚱한 곳에 알을 낳아 놓고, 찾을 테면 찾아보라는 듯 기세 좋게 꼬꼬댁 거리며 마당을 어슬렁거렸다. 닭들은 나뭇간 속에도, 툇마루 밑에도, 수북하게 알을 쌓아놓고 있었다. 숨겨진 알을 찾아내는 날에는 계란찜이 밥상에 올라왔다. 달걀찜의 그 부드러운 맛에 마루 밑을 기어들어 가 힘겹게 달걀을 꺼낸 나 자신을 얼마나 대견해했던가. 그 시절에는 무서운 조류인플루엔자라는 무서운 전염병이 없었다. 그건 아마도 훼손되지 않은 자연의 혜택 때문이었으리라.

뿌린 대로 거둔다고 했던가. 그동안 인간들은 빠르고 편리한 것에 집착해 각종 물건을 만들어내며, 함부로 쓰고 버리기를 반복했다. 대가는 재앙을 가득 담은 부메랑으로 사람들에게 되돌아왔다.

해마다 겪고 있는 무서운 조류인플루엔자도 자연이 인간에게 보내는 경고임이 분명하다. 언제 이 무서운 전염병이 사람들에게도 닥칠지 누가 알겠는가. 한 번쯤은 멈춰서서 돌아보며 반성할 줄 아는 지혜가 필요한 건 아닐까.

세 통의 메시지 이후 나는 휴대전화 문자를 수시로 확인하는 습관이 생겼다. 힘들고 고통스럽지만 잘 이겨내고 있다고, 희망을 버리지 않았으니 안심해도 된다는 그녀의 또 다른 메시지를 간절하게 기다리는 중이다.

도덕성 면역결핍증

가게 문이 열려 있음에도 아랑곳없다. 버젓이 보란 듯 가게 앞 출입구를 막아버린다. 한두 번이 아니다. 처음에는 달리 주차할 곳이 없어서 그러려니 했다. 잠시 볼일 보고 가겠거니 나도 운전을 하는 사람이니 이해하려 했다. 그런데 그들의 행태를 관찰해 보니 그게 아니었다. 매번 그들은 주차할 공간이 여러 군데 있음에도 몇 걸음 덜 걷겠다고 남의 영업장소 출입구 앞을 막아버리는 것이다.

배달 오토바이가 다녀 위험하니 주차하지 말아 달라고 부탁하면 금방 가겠다고 한다. 그런데 그들의 금방이란 시계는 한결같이 느리다. 그뿐이 아니다. 길 한복판에 차를 세워두고 매장으로 들어가 버리기도 해서 삼거리인 도로를 엉망진창으로 만들어 버린다. 한참을 많은 사람이 불편을 겪어도 별로 미안한 기색도 없다. 문득 저들이 세상을 공존하는 데 필요한 기본적인 도덕성이 부족한 '도덕성 면역결핍증' 환자가 아닌지 의심스러웠다. 이기심이란 항체로 무장한 그들에게, 사회 구성원으로 공존하기 위한 최소한의 배려와 도덕성을 찾아볼 수 없는 게 어쩌면 당연한지도 모른다. 안타까운 것은 그들이 타고 온 차 안에는 아이들도 버젓이 함께 타고 있을 때가 있다는 것이다.

그들이 찾아오는 곳은 유기농 전문 매장이다. 사람들은 건강을 지키기 위해서 좋은 먹거리를 찾아 챙겨 먹기를 주저하지 않는다. 몸이 건강하다는 것은 병(病)을 이겨낼 수 있는 면역력이 강하다는 증거다. 면역력이 강하다는 것은 각종 세균으로부터 몸을 보호하기 위한 항체가 잘 형성되어 있다는 또 다른 의미이기도 하다. 그래서 사람들은 면역력을 높이는 먹거리와 함께 운동을 병행하고, 그것도 부족하다 싶으면 건강 보조식품까지 챙겨 먹으며 면역력을 키우려 노력한다. 하지만 몸은 건강하지만, 정신이 병들어 있다면 무슨 의미가 있을까.

요즘 사회는 '도덕성 면역결핍증' 환자들로 넘쳐나는 세상이 되어버린 지 이미 오래다. 이를 증명이라도 하듯 끔찍한 사건 사고들이 하루가 멀다고 세상을 흔들어 놓고 있다. 나만 세상의 중심이 되어야 하고, 나만을 위해 세상이 돌아가야 한다고 생각하는 사람들, 그들은 자신들이 최우선이고 최고여야만 욕구가 풀리나 보다. 그런 그들에게 공존을 위한 배려나 최소한의 도덕성을 기대하는 것은 어쩌면 무모한 바람일 수도 있겠다.

어느 발달심리학 교수의 과학적인 실험에서 도덕성의 지수가 아이들의 생활 전반에 영향을 미치는 것으로 나타났다. 도덕성이 높은 아이일수록 자제력과 집중력이 높게 나오고 긍정적인 사고를 지녔다고 한다. 반면 도덕성이 낮은 아이일수록 집중력이 낮았으며 쉽게 좌절하고 공격적 성향이 높게 나타났다. 도덕 지수가 높은 아이일수록 자존감과 사회적 성공률이 높다는 것이다.

무엇보다 중요한 것은 도덕적이지 못하면 세상을 살아가는 의미와 가치를 느끼지 못하게 된다고도 했다. 건강한 몸으로 살아가는 것은 중요하다. 하지만 정신 건강은 그보다 더 중요하다. 내 아이가 왜 살아야 하는지 의미와 가치를 느낄 수 없을 만큼 마음이 병들었다면 얼마나 끔찍하겠는가.

자식들을 위해서라면 좋은 먹거리만 먹이고 싶은 것이 부모 마음이다. 그네들도 나름대로 아이들을 위한 최선이라 생각했는지도 모른다. 하지만 도덕은 연습이라고 했다. 연습이 되지 않으면 도덕적 행동이 나오기 어려운 것은 당연한 결과다. 버젓이 아이를 차에 태워 놓은 채 도로 한복판에 차를 세워두고, 태연하게 볼일을 보는 부모의 비도덕성과 이기심을 아이는 그대로 답습할 것이다. 그렇게 성장한 아이가 훗날 사회를 떠들썩하게 하는 강력범죄의 가해자가 될지 누가 알겠는가.

세상의 그 누구도 도덕성에서 벗어나 자유로울 수는 없다. 중요한 것은 스스로 도덕적으로 얼마나 가치 있는 삶을 살아가느냐에 따라서 내 삶은 물론이고, 내 아이의 인생도 달라질 수 있다는 것이다. 오늘은 그들의 뒤통수에 대고 손가락질하는 내 마음 어딘가에도 이기심이란 항체가 자라고 있는지 살펴봐야겠다.

명암 광고

　가게에 출근하면 문 앞에서 가장 많이 발견되는 것은 명암 한 장 크기의 작은 광고지다. 바로 대출, 단박 대출, 신용불량자도 100% 대출, 거의 비슷비슷한 문구로 누구라도 무담보, 무보증 대출을 해 주겠다고 유혹한다. 광고 내용대로라면 자금 때문에 허덕이는 영세 자영업자들 돈 걱정할 일은 없을 듯하다. 그런데 요즘 대출 광고지 사이에 발견되는 색다른 명함이 끼어 있다. 총선이 얼마 남지 않아 서인지 출마하려는 고귀한 분들의 존함 알리기 명암이다.

　가게에도 고귀한 그분들의 전화가 심심치 않게 오고 있다. 우리 집은 이십여 년 넘게 치킨 배달 집을 하며 그 수입으로 온 가족이 먹고 살아가는 자영업자다. 주문이 밀리는 시간대에는 일분일초가 아깝다. 그 아까운 시간에 버젓이 전화를 걸어 총선을 위해 여론을 수렴하겠다고 질문을 쏟아낸다. 미처 다 듣기도 전에 울화통이 치밀 어 오른다.

　하루에도 수십 장씩 문 앞에 뿌려대는 사채 광고와, 바쁘고 금쪽

같은 시간에 무작위로 전화를 걸어 여론을 수렴하겠다며 영업을 방해하는 그들의 의도가 무엇이 다른지 모르겠다.

생활이 안정된 지금은 사채광고지가 아무리 유혹의 손짓을 해도 눈도 까딱하지 않지만 어려울 때는 수십 번, 아니 수백 번 전화를 들었다 놓았는지 모른다. 한번은 어렵게 통화를 했더니 본인들 업체는 매스컴에서 떠드는 무서운 사채업자도 아니고, 합법적으로 허가받은 대부업체라며 믿고 한 번만 써보라고 했다. 그런데 그 한 번만 믿어달라는 소리가, 하루에도 몇 차례씩 시도 때도 없이 잘 부탁드린다며 걸려 오는 전화만큼이나 신뢰가 가지 않았다.

지금도 분명 어딘가에서 돈에 쪼들리고 있는 영세자영업자는 예전의 나처럼 전화를 만지작거리며 고민하고, 어떤 이들은 이미 전화를 걸어 돈을 융통하고 있을지도 모를 일이다. 또 누군가는 오늘만 버티면 내일은 좀 더 나아지겠지, 간절한 마음으로 가게 문을 여닫기를 반복하며 살아가고 있을 터였다.

그들이라고 왜 사채업자의 돈이 늪인 줄 모르겠는가. 알면서도 이미 낮아질 대로 낮아진 신용 등급으로 융통할 때가 없으니, 혹시나 해서 실낱같은 희망으로 예전의 나처럼 부질없이 전화를 걸어보기도 하는 것이다. 속 모르는 사람들은 그들이 어리석다 할 테지만, 헤어날 수 없는 늪이란 것을 알면서도 사채 전단의 유혹을 쉽게 뿌리칠 수 없는 것이 불황을 살아가는 자영업자들의 암울한 현실이다.

명암을 두 장, 나란히 탁자 위에 올려놓았다. 한 장은 누구라도 묻지도 따지지도 비밀까지 보장하고 돈을 빌려주겠다며 유혹하고, 한 장은 헛된 공약을 남발하며 "이번에는 나를 꼭 찍어 주세요."라며 환하게 웃으며 유혹하고 있다.

무조건 빌려주겠다는 대부업자나 무조건 잘할 테니 믿어달라는 고귀한 분들이라고 왜 할 말이 없겠는가. 어쩌면 우리네보다 할 말이 더 많을 것이다. 하지만 늪인 줄 뻔히 알면서 혹시나 해서 그들을 믿고 돈을 빌리는 사람들, 이번에는 혹시나 곤궁한 살림이 나아질까, 그들을 한 번만 더 믿어보려 투표를 하는 사람들 대다수는 이 시대의 힘없고 가진 것 없는 소시민들이다.

그들이 있어 당신들도 존재한다는 것을, 지렁이도 밟으면 꿈틀하는 법, 더는 거저 돈놀이하는 양, 가진 것 없는 사람들의 대변인 양 제발 명암 광고 뿌려대지들 마시라.

공원의 직박구리

 늘 바라볼 수 있는 공원이 가까이 있다는 것은 커다란 행운이다. 비록 넓지 않은 작은 공원이지만 많은 것을 누리게 해준다. 아이들이 왁자지껄 장난치며 뛰어노는 모습을 바라보고 있으면 그 해맑음에 미소가 지어지고, 나이 지긋한 어른들이 지팡이를 의지하며 쉬엄쉬엄 걷기 운동하는 것을 보면, 멀지 않은 나의 미래를 보는 것 같아 애잔하다. 어쩌다 젊은 사람들이 운동하는 모습을 볼 때도 있지만 대부분 공원은 아이들과 노인들의 차지다.

 공원은 사람들 외에도 산책 나온 강아지들과 길고양이들의 놀이터가 되기도 한다. 까치와 참새는 공원 단골손님이요. 가끔은 이름 모를 작은 새들도 찾아와 나뭇가지 사이를 날아다닌다. 어디 그뿐이랴. 공원을 지키고 있는 나무들은 멀리 나가지 않아도 계절의 변화를 느끼고 즐길 수 있게 해준다. 나에게 공원은 마음의 쉼터이며 세상을 간접 체험할 수 있는 장소다.

 가게에서 공원으로 올라가는 계단 옆 언덕에는 자두나무 한 그루가 서 있다. 나무는 얼핏 보면 한그루이지만 사실 세 그루다. 나무 밑동을 자세히 들여다보면 마치 한 몸인 듯 세 그루가 연리지처럼 엮여 자라고 있다. 이십여 년 전 자두를 먹은 후 장난처럼 씨앗을 무더기로 묻어두었다. 그중 고맙게도 세 개가 발아해서 싹을 틔우고 의좋은 형제처럼 자라난 나무다.

그런 나무가 몇 해 전 봄부터 눈부시게 꽃을 피우기 시작했다. 아름다운 나무는 오가는 사람들의 눈길을 사로잡아 발길을 멈추게 도 했다. 더러는 나무와 함께 사진을 찍기도 하며 즐거워했다. 그 모습을 보면 흐뭇하고 딱딱한 껍질을 뚫고 싹을 틔운 나무가 서로 공존하며 아름답게 자라 준 것이 뿌듯했다. 가끔 눈썰미가 좋은 사람들은 꽃이 만발한 나무를 보며 "어머! 이 나무 벚나무가 아닌가봐. 뭔가 달라"라며 무슨 나무인지 궁금해하면 이때다 싶어 슬쩍다가가 자두나무라고 알려 주기도 했다. 자두나무꽃이 피는 공원은 언제나 평화로웠다.

어느 날부터 공원의 평화가 흔들리는 일이 벌어졌다. 직박구리몇 마리가 날아와 공원을 탐색하는 듯하더니 제 친구들을 떼거리로 불러 모았다. 무리 지어 날아다니며 울어대는 소리는 얼마나 시끄럽고 요란한지 귀가 따가울 지경이었다. 녀석들의 식성은 잡식성이었다. 그중에 느티나무꽃과 자두나무꽃은 입맛 당기는 먹이인가 보다. 수를 헤아리기 어려울 정도로 까맣게 나무를 점령해 버리고 다른 새들의 접근은 용납하지 않았다. 어쩌다 참새 떼가 날아오면 득

달같이 달려들어 참새들을 쫓아 버렸다. 자기들보다 몸집이 큰 까치가 날아와도 마찬가지였다. 집단으로 끽끽 소리를 내며 위협적으로 세력을 과시해 까치들도 공원을 떠나갔다. 그뿐만 아니었다. 느티나무 아래는 직박구리의 배설물이 가득하고 더러워서 놀던 아이들도 산책하던 어른들도 나무 아래에 오지 않았다.

녀석들은 아예 공존이라는 것을 모르는 모양이다. 그래서인지 공원에 직박구리들이 모여드는 날이면 마음이 편치 않았다. 내 눈에는 마치 이기적인 사람들이 패거리 문화를 형성해 주변은 아랑곳하지 않고, 저희만 잘 먹고 잘살면 그게 정의고 옳은 일이라고 우쭐대는 꼴 같아 보였다.

직박구리가 처음부터 공원을 점령한 것은 아니었다. 어느 날 직박구리 두 마리가 자두나무꽃을 열심히 따먹고 있었다. 처음에는 꽃을 따먹는 새가 신기해서 바라보며 사진도 찍어 지인들과 공유도 했다. 그게 시작이었다.

두 마리가 수십 마리가 되더니 또 며칠이 지나자 수를 헤아리기 어렵게 많은 새가 나무를 점령해 버렸다. 하얗게 눈부시던 나무의 모습이 점점 사라져 앙상해져 가는데 꽃을 지켜낼 수 없어 안타까움에 속이 타들어 갔다. 아무리 소리를 질러 봐도 작은 돌멩이를 던져 봐도 새들은 나무 위를 떠날 생각이 없는 듯 더 많은 무리를 불러 모았다. 아마 직박구리를 날 선 눈으로 바라보게 된 것이 그때부터였을 것이다.

서쪽 하늘로 해가 기울고 있다. 둥지로 돌아가기 전 배를 불리려는지 직박구리들이 나뭇가지 사이를 날아다니며 소란스럽다. 떼로 다니며 끽끽 대는 소리는 위협적이기까지 해서 밉살스럽다. 굳이 사람으로 비교하자면 도덕성이라고는 눈곱만큼도 찾아볼 수 없는 사람들 같다.

약육강식의 본능에 충실할 뿐인 새들을 두고 이러쿵저러쿵하며 불편한 속내를 드러내며 심술을 부리는 이유는 나 자신에 있을 터였다. 이런저런 이유로 더불어 사는 세상이라는 말이 무색하게 변해가는 세상임을 뼈저리게 느끼는 요즘이다. 녀석들이 무리를 지어 하는 짓거리를 보며 사람과 별반 다르지 않다는 생각에 씁쓸한 생각이 들기 때문이기도 하리라.

올해는 꽃이 채 피기도 전에 녀석들이 떼로 몰려와 꽃눈을 따먹는 중이다. 속수무책 그 모습을 바라본다. 꽃눈을 거의 다 따 먹으면 직박구리들은 공원을 떠날 것이다. 얼마 남지 않을 꽃눈에서 꽃이 피고 열매가 튼실하게 열려 다시 사람들의 발길을 멈추게 하고 기쁘게 하기를, 내가 느끼는 세상도 좀 더 따뜻해지기를 더불어 바란다.

잡식성 독서습관

내가 읽은 책을, 다른 이와 공유하며 이야기를 나눌 수 있다는 것이 이토록 기분이 좋아질 거라 상상하지 않았다. 나와는 다른 생각을 말할 때면 동떨어져 있는 느낌이 들기도 했지만 당혹스럽거나 혼란스럽지 않았다. "아. 저렇게도 느낄 수도, 생각할 수도 있겠구나" 정도였다.

독서토론을 하는 내내 내 귀는 나잇값을 하는 것인지 예전에 비해 매우 순해져 있었다. 하지만 귀가 순해졌다고 한들 내 귀로 흘러들어오는 모든 말을 받아들이고 이해한다는 의미는 아니다. 다만 나 아닌 다른 사람의 입에서, 내가 읽고, 그들이 읽은 책의 내용과 느낌을 공유할 수 있는 독서 모임은 무미건조한 내 일상에 설렘 가득한 바람이었다.

오늘 토론할 도서는 김초엽 작가의 소설집 '우리가 빛의 속도로 갈 수 없다면' 이다. 단편소설 7편을 엮어 놓은 SF소설이다. 회원들이 각자가 느끼고 생각한 것들을 이야기한다. 나도 열심히 경청하고 책을 읽으며 느끼고 품고 있던 것들을 이야기한다. 중간중간 엉뚱하게 책 내용이 아닌 일상의 이야기로 흘러가기도 하는데, 책방지기는 누구도 불편하지 않게, 자연스럽게 이야기를 본래대로 돌려놓기도 하고 슬쩍 문제를 제시하기도 한다. 그녀는 토론이 항로를 이탈하지 않게 키를 잡고 멋지게 운항하는 실력을 발휘하며 모임을 이끌고 항해한다.

나의 독서 습관은 잡식성이다. 굳이 장르를 가리지 않고 기분에 따라 책을 골라 읽는 편이다. 나는 만화책으로 독서 습관을 익힌 사람이다. 유년 시절 오빠들이 빌려다 이불속에 감춰놓고 보던 만화책을 덩달아 몰래 읽게 된 것이 첫 시작이었다. 책이 귀했던 시절이었지만, 어른들은 별 지식도 없고 배울 거리도 없는 백해무익한 책이라 여겼는지 만화책은 억울하게도 제대로 된 책 대접을 받지 못하는 것 같았다. 그러니 오빠들도 엄마의 눈을 피해 사랑방 이불속에 만화책을 감춰 두고 몰래 꺼내 보는 것이리라 생각했다.

하지만 내가 보고 읽은 만화책은 알쏭달쏭한 것이 무궁무진한 신기한 세상이었다. 어른들이 생각하는 배울만한 내용이 없다는 것은 그리 중요하지 않았다. 변화무쌍한 흑백의 그림들과 내용에 따라 크기가 달라지는 활자들을 보고 읽으며 마냥 즐겁고 시간 가는 줄도 모르고 행복했다. 날마다 오빠들이 만화책을 빌려다 사랑방 이불속에 숨겨 놓기를 학수고대했다.

그 알쏭달쏭한 만화 세상을 어른이 되어서도 헤어 나오지 못했다.

오히려 남편과 연애 시절에도 영화관이나 커피숍보다는 만화방을 약속 장소로 즐겨 선택했다. 만화방은 약속 시간에 서로 조금 늦어도 탓할 일도 없거니와, 기다리느라 지루한 줄도 몰랐으니 일거양득이었다. 예순이 넘은 지금도 여전히 만화영화를 즐겨 보며 딸아이와 만화주인공 이야기를 하며 즐거워한다.

고백건대, 나의 잡식성 독서 습관의 수준은 깊거나 높지 않다. 굳이 정의하자면 종잇장처럼 얇고 평면적이라고 할 수 있다. 하지만 장점도 있는 편이다. 많은 이야깃거리로 상상의 나래를 펼치게 하고 무엇보다 나 자신을 즐겁고 행복하게 해준다. 이런 독서 습관이 토론할 때나 다른 이의 이야기를 받아들이는 데 도움이 되고 있음을 이번 모임을 하며 알았다. 흔히들 책은 마음의 양식이라고 하는데 어려서부터 지금까지 종류를 가리지 않았던 잡식성 독서 습관은 충분하게 내 마음의 양식이 되어주고 있는 것이 분명했다.

딸아이와 같은 나이의 '작가 김초엽'의 소설을 읽으며 젊은 작가의 상상력과 재능에 놀란다. 분명 같은 책을 읽고 이야기를 나누고 있는데 각자의 생각과 느낌이 차이가 나는 것을 들으면서도 거부감 없이 공감할 수 있는 것도 즐겁다. 어쩌면 이번 모임을 통해 나의 독서 습관이 한층 더 깊어지지 않을까 기대해 본다. 책 제목 때문인지 멀리서 살고 있는 딸아이가 자꾸만 보고 싶다. 정말 빛의 속도로 그리운 사람들에게, 우리 아이에게 갈 수 있다면 얼마나 좋을까.

모험할 용기

    심장이 두근두근 쿵쾅쿵쾅 이런 느낌 오랜만이다. 아니다. 얼마 전 반 고흐의 레플리카 체험 전에서도 심장이 오늘처럼 뛰었다. 그림에 대해서는 그릴 줄도 그렇다고 안목이 있는 것도 아닌데 가슴이 뛰었다. 전시장을 한 바퀴 돌고 난 후에도 웬일인지 두근거림은 진정되지 않았다. 정말 이상한 일이었다. 두근거림의 원인이 뭘까 생각하며 전시장을 다시 돌아보다 귀에 붕대를 한 고흐의 자화상 앞에 멈춰 섰다.

    생전 지독하게 궁핍했고, 그림에 대한 열정과 광기로 예술혼을 불태우던 불멸의 화가 빈센트 반 고흐. 그의 고독하고 초점 없는 시선을 감히 내 눈빛으로 따라나섰다. 어디로 향한 걸까. 별이 빛나는 하늘을 바라보며 꿈을 꾸고, 그가 생활했던 요양병원을 지나 까마귀가 날고 있는 밀밭에 멈춰 섰다. 서른 일 곱해, 생의 마침표를 찍었다고 전해지는 곳이었다. 그 처절한 광기가 서늘해 그림을 외면하고 그림 위의 글귀에 시선을 옮겼다.

"나는 그림을 그리기 위해 살아있다."

"모험할 용기를 갖고 있지 않다면 무엇이 인생이란 말인가?"

서늘함에 잠시 진정됐던 심장이 다시 두근거리기 시작했다. 내 심장은 위대한 화가의 그림이 아니라 그림 위의 문장들을 읽어내며 반응했던 거였다. 그동안 갈팡질팡하던 생각들이 정리되었다. 어이 없게도 나는 고흐의 처절한 자화상 앞에서 서툴지만, 비로소 내가 걸어가야 할 길을 알아챘다.

이 년 전, 몇 해 동안 신문사에 기고하던 칼럼을 접었다. 고작 한 달에 8매 원고 한편이었다. 정체성도 방향성도 없이 한 달, 두 달, 그렇게 5년을 썼다. 치열함도 없고 책임감도 없는 내 글에 좌절했다. 무엇보다 자신을 스스로 기만하는 것 같아 힘들었다. 혹시라도 어딘가에서 단 한 사람의 독자라도 있다면 그는 또 무슨 죄란 말인가. 나를 돌아보기 위해 멈춰야 했다. 명분은 그러했다.

처음에는 홀가분했다. 등에 짊어지고 있는 무거운 짐을 내려놓은 듯 마음도 몸도 가벼웠다. 그동안 왜 계속 짊어지고 있었는지 스스로 미련스럽게 느껴져 한탄스러울 지경이었다. 강박 끝! 자유 시작! 속으로 만세를 부르고 있었다. 자유로웠다. 처음 서너 달은 마음껏 하고 싶은 대로 이책 저책 넘나들며 읽기도 하고 나름 치열하게 고민도 했다. 단 한 줄도 쓰지 못한 채 치유의 시간이라 생각하니 덤덤했다. 그러나 자유로움도 잠시였다. 나는 시간이 가장 위대한 해결 사란 생각에 늘 공감하는 편이다. 그런데 글 쓰는 일은 그 시간이 해결사 노릇을 거부하고 2년 내내 나를 흔들었다.

글을 계속 써야 할까. 아니 쓸 수 있을까. 아마도 내 흔들림에는 자질 부족도 한몫했으리라. 시간이 흐를수록 공허했다. 마치 해결해야 할 중요한 일을 방치한 기분이었다. 엉뚱하게도 위대한 화가 빈센트 반 고흐의 '레플리카' 체험전에서 그림이 아닌 문장을 읽어내며 글을 계속 써야 할 변명거리를 찾았다. "모험할 용기"라 낮게 읊조렸다.

위대한 화가에게도 모험할 용기가 필요했는지는 헤아릴 수 없지만 내 인생에 글 쓰는 일은 시작부터 모험할 용기가 필요했던 일이었다. 아마도 천재성도 자질도 부족한 사람만이 누릴 수 있는 특권이 모험할 용기가 아닐까. 앞으로 남은 나의 날들은 글을 쓰는 모험을 하며 살아 내보리라. 전시장을 나서며 흔들리던 마음이 고요해지고 있었다.

정말 모험할 용기가 필요해서 내딛는 첫걸음. 누군가의 도움이 아닌 내 결정으로 시작해야 하는 일이다. 그 첫걸음이 손을 내밀어야 하는 일이었다. 어렵게 내민 손을 그녀는 따듯하게 잡아주었다. 다시 시작될 '모험할 용기'에 가슴이 쿵쾅거린다.

긍정의 힘이 일군 옥토

– 이창옥의 수필을 말하다

반숙자 수필가

수필로 맺은 인연이다. 청주에서 수필을 배우기 위해 음성을 찾은 지 이십 년 하고도 다섯 해다. 그동안 〈문학미디어〉로 등단하고 지방 신문에 칼럼을 오래 쓰며 삶을 가꾸듯 수필을 쓴다. 그림 그리기, 꽃차 만들기, 여기에 심도 있는 독서클럽의 멤버로 부단하게 풍부한 삶을 위해 노력한다. 거리를 떠나 만나면 좋고 떨어져 있어도 좋은 사람. 삶의 목표치가 비슷해서 든든하고 기대되는 수필작가, 이것이 이창옥에 대한 내 느낌이다.

더 깊이 들어가 보면 그는 성실한 생활인이다. 손마디가 거칠고 하루도 편한 날 없는 치킨 가게 안주인이다. 몸은 좁은 가게 안에서 붙박이처럼 살아도 정신은 자유로워 세상 만물과 감응한다. 그 감응이 생명을 얻어 탄탄한 수필로 탄생했다.

이번에 첫 번째 수필집을 간행하는 뜻깊은 자리에 먼저 축하를 보내며 독자보다 앞서 이창옥 작가가 펼쳐 놓은 단순하되 올곧고 초록 사유 풍성한 빈터를 탐색해 본다.

수필에는 다양한 삶의 실체가 있다. 글을 보면 삶이 보이는 이유다. 저마다 자기 앞의 삶을 자기만의 방식으로 살아낸다. 사람들이 그 삶터 한가운데서 보편적인 내용의 형식으로 꾸려가지만 창작이라는 명제 앞에서 작가는 무심할 수가 없다. 자기만의 색채가 있어야 하고 자기만의 언어와 철학이 있어야 개성 있는 작가라 할 수 있어서다. 이 작가의 작품을 살펴보면 네 가지 특성을 만난다.

첫째가 어떤 경우에도 작용하는 긍정의 힘이다. 많은 글에서 역경을 헤쳐나가며 오뚝이처럼 일어나는 의지가 돋보이고 그 수필의 핵을 이룬다. 그 대표적인 작품으로 「옹이」를 살펴보면 서두에 식당에서 일하는 종업원의 손을 보고 다음은 내 손을 보고 남편 손으로 확대해 간다. '거북이 등가죽 같아 오래된 나무의 껍질'처럼 보이는 손의 주인이 남편이다. 여기에 등장하는 버드나무 원목 탁자와 남편의 손이 깊은 유대를 이루며 의미화가 단단하다.

남편은 나뭇결이 그대로 살아 있는 버드나무로 만든 원목 탁자를 선물이라며 거실에 들여놓았다. 덕분에 나무 향기에 취해보기도 하고 책을 읽으며 차를 마시는 호사를 누리고 있다. (중략) 탁자에는 군데군데 옹이가 박혀 있다. 살펴보니 나뭇결과 자연스럽게 어우러진 옹이가 있는가 하면 거무스레한 옹이도 있다. (중략) 나무는 오랜 세월 뜨거운 태양과 혹독한 추위, 때로는 폭풍우에 가지가 꺾이며 상처가 나고 그 상처를 품고 아름드리로 자랐을 것이다.

인고의 시간을 견뎌내서일까. 나무의 몸 중에서 제일 단단하고 향기가 가장 짙게 배어 있는 곳이 옹이라고 한다.

　남편 손에 박힌 옹이는 최선을 다해 살아온 날들의 고귀한 흔적이며 우리 가족의 생생한 역사다. 제 몸에 난 상처를 단단하고 향기로운 옹이가 되도록 보듬어 품은 나무처럼 남편은 우리 가족의 아름드리나무다."

- 수필 「옹이」 중에서

「흔들리며 우뚝 서다」와 「텃밭 일기」도 가족 이야기이고 주변의 소재지만 글의 뿌리로 내려가 보면 놀라운 긍정의 다양한 빛깔을 만난다.

　현대의 가정에서 남편의 자리, 아빠의 자리가 많이 위축되고 있는 현실에서 독자에게 던지는 메시지가 여운을 남긴다. 그것은 고통을 사랑으로 승화한 긍정의 힘이다. 이 작가의 글 곳곳에서 만나는 긍정의 원동력이 어디에서 나왔는가를 유추해 보면 어린 시절부터 받아온 사랑의 힘이라는 것을 알 수 있다. 많은 사랑을 받은 사람이 많은 사랑을 준다는 것을 입증한다.

　두 번째는 수필로 나타나는 자기 사랑이다. 세상에 자기를 사랑하지 않는 사람이 있을까만은 속속들이 들여다보면 자신을 믿지 못하고, 자신을 부정하고 나아가서는 학대도 서슴지 않는다. 이것은 겸손이 아니고 도피이고 이탈이라는 문제가 있다. 이창옥 작가는 자신의 삶 안에서 스스로 출구를 내고 향유 하는 지혜가 아름답다. 자신을 사랑하는 사람이 남도 사랑할 수 있는 법이다.

「하루」라는 수필은 원고지 5매 정도 되는 짧은 글이지만 이 글이 주는 자유로움은 바다 앞에 선 듯 무한 시공이다. 작가는 직업상 한 달이 서른 날이지만 단 하루를 온전하게 쉬기 위해 십 년이라는 세월을 투자했다.

> "오늘 하루는 자유다" 두 팔을 쭉 뻗고 큰소리로 외친다. 한 달 중 유일하게 자유로운 오늘 하루, 생닭의 비릿한 냄새도 안녕, 따르릉 전화 소리도 안녕, 같은 레퍼토리로 고객을 상대해야 하는 내 모습도 안녕이다. 오늘 하루는 한 달을 열심히 살아온 나를 위한 선물이다. 그리고 앞으로 살아가야 할 날들을 위한 숨 고르기를 하는 날이기도 하다.
>
> － 수필 「하루」 중에서

이 단락 하나만 읽어도 전달되는 자유로움이 충일한다. 작가는 남이 다 쉬는 하루를 쉬는 일이 사치로 여겨 질만큼 삶의 숙제가 많았다. 감당하기 버거워 이불을 뒤집어쓰고 울 때도 신기하게도 불행하다는 생각은 한 번도 들지 않았다고 한다. 그러한 과정을 거쳐 오늘에 이르렀기에 주어진 하루가 선물인 양 여유를 만끽하는 것이다. 그런데 이 모습을 눈앞에서 보았을 때 지금 같은 홀가분함,

자유로움을 느낄지 상상이 안 된다. 하나의 몸짓으로 볼 뿐, 그러한 심정을 '오늘' '하루' '자유' 세 단어로 함축한 문장 하나가 내포한 의미가 자연스럽게 타자에게 감응하여 동질의 자유를 느끼게 한다. 이것이 감응이고 공감이고 더 나아가서는 감동이다. 이 작가의 작품에서 만나는 단순하고도 명쾌한 삶의 철학이 거기에 있다. 여기서 자신의 울타리를 벗어나 대물림하는 사랑의 법칙을 보여 준 글이 「목화솜 이불」이다. 여기에 「똥간 서재」도 이 작가만이 쓸 수 있는 글이어서 소개한다.

> 35년, 긴 시공간을 우리 가족과 함께 한 목화솜 이불이었다. 찬 바람이 불기 시작하면 우리 가족을 따뜻하게 해주고 아이들이 뒹굴고 장난치며 놀았던 이불이었다. 그때는 고마움도, 엄마가 넉넉지 않은 살림에도 왜 그리 목화솜을 고집하셨는지를 알지 못했다. 가끔 햇빛 세탁을 하며 이불이 무겁다고 투덜거리기만 했다. 목화솜이 왜 좋은지, 두툼하고 큰 이불을 만들려면 얼마나 많은 목화송이가 필요한지를, 송이 송이마다 이 땅 엄마들의 땀과 정성이 깃들어 있는지를, 단 한 번도 헤아려 본 적이 없었다. 무엇보다 목화솜 이불에 담긴 엄마의 사랑을 깨닫지 못했다.
>
> – 수필 「삼대째 목화솜 이불」 중에서

이 글은 사랑의 가지치기를 보여주는 따뜻한 글이다. 긴장하지 않고 욕심부리지 않고 이창옥의 언어로 꾸밈없이 한 문장씩 정직하게 써 내려간 점이 좋다. 담백하고 여운이 길다. 내 어머니에서 세상의 모든 어머니로 의미확대가 되고 그 안에 작가의 자녀들에게로 전이되는 사랑의 실체로 여운이 길다.

> 문우들을 초대해서 집들이했다. 한편으로는 나만의 공간을 자랑하고 싶은 마음도 한몫했다. 집을 둘러보다가 서재를 들여다보며 한 문우가 외치듯 말했다.
> "누님 똥간에서 글을 쓰면 이제부터 누님 글은 모두 똥 글입니다."라는 말에 웃음이 터지고 졸지에 꿈의 공간은 그 시간 이후로 '똥간 서재'로 등극되었다. 그리고 내가 쓰는 모든 글도 '똥 글'이 될 운명이 되어버렸다. 아무려면 어떠랴. 내 마음은 하늘을 날고 있었다.
>
> — 수필 「똥간 서재」 중에서

이 글은 작가가 주택에서 아파트로 이사하면서 안방에 딸린 화장실을 없애고 서재로 꾸미는 서사가 앞에 있다. 한 평 남짓한 공간을 오랫동안 서재를 갖고 싶었던 작가에게 남편이 선물한 공간이다. 수필 소재로 드문 소재로 눈길을 끈다. 여기에 '똥간 서재'의 사유가 깊다. 작가는 사찰에서 화장실을 해우소라고 하는 이유를 천착한다. 바로 비워내기다. 욕심과 집착을 글로 비워내다 보면 언젠가는 글다운 글 한 편쯤 쓰게 될지도 모른다는 마음을 내비친다. 글은 소재 찾기부터 조심스럽다. 사람들이 집중하는 소재라면 작가만의 신선한 해석이 따라야 하고 이 글처럼 특별한 소재라면 의미화가 든든해야 한다.

셋째는 자연과의 감응이다. 이미 서두에서 밝힌 바가 있지만, 이 작가의 글에서 어렵지 않게 수용하게 되는 공감력이다. 작가와 독자를 자연스럽게 이어주는 것이 바로 이 공감력인데 소재에서 오기도 하고 표현력으로 전달되는 경우 생동감을 준다. 다음 글을 살펴보면

잡목과 억새가 우거진 낮은 야산의 풍경에 선뜻 마음이 내키지 않았다.

갈등하며 주저하던 찰나. 시원한 바람이 우리 부부를 감싸 안듯 불어왔다. 비 온 뒤끝의 바람이어서, 아니면 우리 땅이 되려고 그랬을까. 바람이 싱그럽고 기분 좋게 느껴지면서 막힌 곳 없이 시원하게 트인 언덕이 망설이던 마음을 열어주었다.

수필 「쉬어家로 가는 길」 중에서

이 앞 문장에서 '땅은 우리 부부의 오랜 소망이었다'가 나온다. 그 땅을 보러 간 순간의 표현이다. 이곳에 작가는 아담한 집을 짓고 '쉬어家'로 명명한다. 누구나 와서 편안히 쉬고 재충전하고 가시라는 당부와 함께 온갖 꽃과 나무와 채소를 가꾼다. 땅을 매입할지

말지 주저하던 순간에 불어온 바람결이 바로 결정타가 된 것이다.

이밖에도 「꽃을 덮으며」와 「거리두기」도 자연과의 감응에서 나온 글로 삶의 지혜를 터득하게 하는 인상 깊은 글이다.

네 번째는 내 안에서 벗어나고 내 울타리를 벗어나 함께 살아가는 우리 사회를 향한 날카로운 시선이 주목되는 사회성 있는 수필이다. 이 작가의 글에서 이 부분이 없다면 글은 순수할지언정 뼈대가 부족하고 긍정하되 조화의 미가 깨질 수도 있다. 그것은 우리가 살아가는 세상이 감성만으로 대처할 세상이 아니고 그렇다고 냉철한 이성만으로 구성된 세상도 아니다. 여기에 조화의 미가 등장한다. 조화는 바로 균형이다.

다음 글을 살 살펴보면 지금까지 읽어온 글과 색깔이 다른 분별을 느낀다. 신문에 칼럼을 많이 써서 거기서 얻은 세상을 향한 통찰력이 펴낸 글이다.

　자식을 위해서라면 좋은 먹거리만 먹이고 싶은 것이 부모 마음이다. 그들도 나름대로 자식들을 위한 최선이라 생각했는지도 모른다. 하지만 도덕은 연습이라고 했다. 연습이 되지 않으면 도덕적 행동이 나오기 어려운 것은 당연한 결과다. 버젓이 아이를 차에 태운 채 도로 한복판에 차를 세워두고, 태연하게 볼일을 보는 부모의 비도덕성과 이기심을 아이는 그대로 답습할 것이다. 그렇게 성장한 아이가 훗날 사회를 떠들썩하게 하는 강력범죄의 가해자가 될지 누가 알겠는가.

세상의 그 누구도 도덕성에서 벗어나 자유로울 수는 없다. 중요한 것은 스스로 도덕적으로 얼마나 가치 있는 삶을 살아가느냐에 따라서 내 삶은 물론이고, 내 아이의 인생도 달라질 수 있다는 것이다. 오늘은 그들의 뒤통수에 대고 손가락질하는 내 마음 어딘가에도 이기심이란 항체가 자라고 있는지 살펴봐야겠다.

—수필 「도덕성 면역 결핍증」 중에서

작가는 도로 복판에 차를 세우고 자연식품을 구매하는 사람들을 예사롭지 않게 바라본다. 남에게 폐가 되는 줄 알면서도 건강에 좋은 식품을 구매하려는 본능적 행동에 대해 비판하면서도 남을 손가락질하는 자신에게 화살을 돌려 성찰하는 수법이 보배롭다. 「자발적 고립」 「세 통의 메시지」에서도 눈부시게 발전하는 오늘날의 과학과 사회구조에서 모순됨을 파헤치는 시선이 날카롭다.

이창옥 작가가 보내온 수필들을 읽으며 올여름 폭염을 이겨낸 것은 그의 삶을 가까이서 지켜보고 글에 대한 열정을 갈피마다 알아서다. 그보다 더 가치 있는 것은 삶과 글이 하나로 이어져 진솔하고 정 깊은 것이다. 마지막으로 특기할 것이 있다.

이창옥의 수필은 분명한 주제 의식이 돋보인다. 「놓아버린 기억」을 살펴보면 수필작가들의 과제를 함께 생각하게 하는 글이다. 특히 작가의 고뇌가 잘 나타난 글이다. 첫 문장에서 책방에 가고 싶은 이야기다. 이유는 몇 달째 한 줄의 글도 쓰지 못하고 있는 자신의 처지가 한심하다고 고백한다. 과거의 회상이 나오고 소설책과 시집을 사들면서 수필집은 선뜻 손이 가지 않는다.

흔히들 수필을 신변잡기라 말한다. 붓 가는 대로 자유롭게 쓰는 글이라고도 한다. 나의 고뇌는 이 두 문장에서 비롯되었다. 수필의 사전적 의미를 찾아보았다. 수필 – 자신의 경험이나 느낌 따위를 일정한 형식에 얽매이지 않고 자유롭게 기술한 산문 형식의 글. 이 사전적 의미가 너무 당연한 듯 여기저기에 기록된 수필에 관한 정의는 별반 다르지 않았다. 정말 그럴까. 그렇다면 나는 왜 수필을 쓰는 게 점점 어렵고 두려운 걸까. 이토록 다른 작가의 수필집을 읽는 것에 인색해지는가. 겉으로 드러난 사전적 의미에만 오롯이 충실한 별 감동도 없고, 여운도 없는, 그렇고 그런 수필들이 싫증이 난다고 마음의 소리가 아프게 대답한다. 그럼 나는 그런 수필 안에서 당당할 수 있을까. 언감생심이다. 여전히 세상에 글을 내놓을 때마다 의기소침해지고 작아지는 모습에 절망한다.

신변잡기이며 붓 가는 대로 자유롭게 쓰고 설령 무형식의 글로 누구나 수필을 쓸 수 있다고 하지만, 한 번쯤은 그 말들이 품고 있는 내밀한 의미를 읽어야 한다고 감히 말하고 싶다. 문법의 형식도, 구성도, 사유도 필요 없이 그저 마음 닿는 대로 쓰기만 하면 수필이라 할 수 있을까. 놓아 버린 서점의 기억이 몇 달째 한 줄도 쓰지 못하고 흔들리고 있는 나에게 손을 내밀어 잡아준 것 같다. 나도 손을 내밀어 수필집 한 권을 품에 안는다.

-「놓아버린 기억」 중에서

이 글은 수필창작의 고뇌가 담겨 있다. 예문을 길게 취급한 것은 겉으로는 태평한 듯, 무심한 듯 보이지만 글 한 편의 완성도에서 작가 나름의 산통을 엿볼 수 있어서다. 또한 글을 다루는 마음가짐이 겸손하고 진솔해서다. 이만큼 심도 있게 성찰하고, 절망하며 글 쓰는 작가가 많지 않다. 자기 자랑에 빠지거나 지식의 남발을 일삼거나 수필을 삶의 사치품 정도로 인식하는 과오를 범하기 쉽다. 여기에 이창옥 작가는 주제를 글 속에 숨겨 놓고 딴청을 피우다가 결미에서 의문부호로 여운을 준다. 부정의 키워드를 통해 독자에게 해답의 여운을 남긴다.

발문을 쓰는 일이 쉽지 않다. 우선 작가를 잘 알아야 하고 그의 글에 공감해야 하고 무엇보다 애정이 있어야 가능해서다. 욕심을 부린다면 가장 큰 울림과 반향을 일으키는 글쓰기가 가능하니 자아의 울타리에서 벗어나서 다양한 소재를 찾고 탐색과 사유의 깊이를 확대하기를 바란다. 부단한 노력으로 수필 세상의 큰 재목이 되기를!

이창옥 수필집

쉬어家로 가는 길